智囊

第四卷

〔明〕冯梦龙 编著
李楠 编译

军事智囊

不战卷二十一

【导读】

本卷收集了以计策取胜的战争故事。不战，即不用作战就胜利。不战而胜的策略很多，晋国使楚军疲于奔命而最终得到郑国；吴王阖闾听从伍员之计，以三师轮流扰敌而最后连续出击大败楚军；隋文帝采用高颎之计策使陈财力俱困，皆用的是疲兵之计。诸葛恪杀胡伉而文山民以信，高仁厚释放敌人间谍而收买敌军之心，岳飞重用贼党降将终平乱，李泌劝敌将而得其忠诚，皆善于心战之法。李泌雪夜袭蔡州；韩世忠平闽寇后班师永嘉不将就休息，而以迅雷不及掩耳之势直抵敌营，使敌人骇而降，皆是出奇兵取胜。析公以鼓钧声使楚军夜遁，程昱以七百兵守鄄城而得安，李光弼预知敌将之降，都是洞察敌情而兵不血刃取胜。至如陆逊以进攻为撤退做掩护，则是于危急之时能镇定从容才避免损失。

【原文】

形逊声，策绌力①；胜于庙堂，不于疆场；胜于疆场，不于矢石，庶可方行②天下而无敌。集《不战》。

【注释】

①形逊声，策绌力：形、声即实、虚，形逊于声，指有形之兵不如无形之兵。策绌力，指计策可以战胜力量。

②方行：横行。

【译文】

有形不如有声，用计胜过用力。能在庙堂上折冲取胜，就不必要赴战场对决；在战场上的将帅能善谋慎断，就不必让兵卒亲冒矢石。如此，才能打遍天下无敌手。所以，辑有《不战》一卷。

周德威按兵不动

晋王存勖①大败梁兵，梁兵亦退。周德威②言于晋王曰：『贼势甚盛，宜按兵以待其衰。』王曰：『吾孤军远来，救人之急，三镇③乌合，利于速战。公乃欲按兵持重，何也？』德威曰：『镇、定之兵，长于守城，短于野战。吾所恃者骑兵，利于平原旷野，可以驰突。今压城垒门，骑无所展其足，且众寡不敌，使彼知吾虚实，则事危矣。』王不悦，退卧帐中。诸将莫敢言。德威往见张承业，曰：『大王骤胜而轻敌，不量力而务速战。今去贼咫尺，所限者一水耳。彼若造桥以薄我，我众立尽矣。不若退军高邑，诱贼离营，彼出则归，彼归则出，别以轻骑，掠其馈饷，不过逾月，破之必矣！』承业入，褰④帐抚王曰：『此岂王安寝时邪？周德威老将知兵，言不可忽也！』王蹶然而兴，曰：『予方思之。』时梁王闭垒不出，有降者，诘之，曰：『景仁方多造浮桥。』王谓德威曰：『果如公言！』

【注释】

①晋王存勖：五代后唐庄宗李存勖，灭梁前称晋王。

②周德威：字镇远，勇而多智谋，能望尘而知敌人数量多少，累败梁军，勇闻天下。后遇梁军，庄宗不听德威言，德威遂战没。

③三镇：指镇州、定州及梁州三部分。

④褰：用手撩起。

【译文】

五代十国时，晋王李存勖大败梁兵，梁暂时退兵。周德威对晋王说：『敌人气势正盛，我们应该先按兵不动，等待梁兵气势衰落。』晋王说：『我孤军远征救急，对方三镇兵乌合之众，适合速战。现在你建议按兵不动，什么道理？』周德威说：『对方兵卒善于守城，不善于野战。我军倚仗的是骑兵，平原旷野是最有利的地形，可以驰骋突袭。现在全压到城边，骑兵根本无法施展，再说敌众我寡，让敌人摸清了我军的实力，对我军大大不利。』晋王很不高兴，就退回帐休息，其他将军也都不敢多说什么。周德威去见张承业，说：『大王一下子取胜，有轻敌之心，不自量力，务求速战。现在敌我相距仅一水之隔，敌人若造浮桥逼近我军，我军立刻会全军覆没。不如退守高邑，再出兵引诱对方离营，他们出兵我们回营，他们回营我们出兵，再另外派一支轻骑专门抢夺梁兵的粮食。不出一个月，一定能破梁。』张承业于是来到晋王的营帐，掀起帘帐说：『这哪是您安稳睡觉的时候呢？周德威是老将，深通兵法，他的话不可忽视！』晋王跳起来说：『我正在想这件事。』当时梁王军队坚守不出，抓到的降卒供述说：『梁王正命人建造多座浮桥。』晋王对周德威说：『果然不出将军所料。』

晋军夜鼓退楚兵

晋、楚遇于绕角①。栾武子书不欲战，析公②曰：『楚师轻窕③，易震荡也。若多鼓钧声④，以夜军之⑤，楚师必遁！』晋人从之，楚师宵遁⑥。

【注释】

①绕角：郑国地名，在今河南省鲁山县东南。

②析公：原是楚臣，楚庄王即位时，公子燮和子仪发动叛乱，析公逃亡到晋国。

③轻窕（tiǎo）：轻佻，不持重，不坚韧。

④多鼓钧声：多指击军鼓的声音。钧声，即其声。

⑤夜军之：夜里全军进攻楚军。

⑥宵遁：乘夜逃跑。

【译文】

晋军、楚军在绕角相遇。晋国将军栾书（谥武子）不想交战，析公说：『楚军不沉稳，容易动荡。如果用许多鼓齐声擂响，夜里用全军合攻，楚军必逃！』晋国人照析公说的做了，楚军夜里逃走了。

王德用智破契丹

王德用为定州路总管①，日训练士卒，久之，士殊可用。会契丹有谍者来觇②，或请捕杀之，德用曰：『第舍③之，吾正欲其以实还告。百战百胜，不如以不战胜也！』明日故大阅，士皆踊跃思奋，乃阳下令：『具糗粮④，听吾旗鼓所问！』觇者归告，谓：『汉兵且大入。』遂来议和。

【注释】

①王德用：字元辅，北宋郑州管城人，年十七从父超出击李继迁，累迁内殿崇班，历殿前左班都虞候、黄州团练使等。定州路：古路名，为宋庆历年间所置河北四安抚司路之一，治所在定州（今河北定州市），辖境相当于今河北易水、徐水等地。总管：官名，宋时为地方高级军政官员，掌管所辖路的兵马。

②会：碰巧。觇（chān）：窥探。

③第舍：暂时放弃。

④具：准备。糗（qiǔ）粮：干粮。

【译文】

宋朝人王德用（字元辅，谥武恭）出任定州路总管时，日夜训练士卒，不久，士卒都成为可用之兵。

正巧这时发觉有契丹间谍潜入，有人建议捕杀这些间谍，王德用却说：『先不急，我有妙计，可以使这些间谍回去后，把我们的实情报告给契丹王。所谓百战百胜，不如不战而胜。』

第二天，王德用下令举行阅兵大典，士卒们个个龙腾虎跃，大肆准备马草军粮，全体军士都照着旗鼓所指的方向，摆出一副行将出兵对外远征的姿态。契丹间谍回去报告，说宋军就要大举攻打契丹，于是契丹王立刻遣使向宋朝求和。

韩世忠诈收曹成

广西贼曹成拥众在郴、邵①。世忠既平闽寇②，旋师永嘉③，若将就休息者。忽由处、信径至豫章④，连营江滨数十里。群贼不虞⑤其至，大惊。世忠遣人招之，成遂降，得战士八万。

【注释】

①郴（chēn）：郴州，治所在郴县，辖境相当于今湖南永兴以南的耒水流域等地。邵（shào）：邵州，湖南新化以南的资水流域。

②闽寇：当时福建的武装和盐贩首领范汝为。

③永嘉：古郡名，在今浙江省温州市等地。

④豫章：古县名，今江西省南昌市。

⑤虞（yú）：预料。

【译文】

广西义军曹成聚众在郴州、邵州。韩世忠平定福建义军之后，回师永嘉，做出要进行休整的样子。忽然从处州、信州到豫章，江边连营几十里。曹成他们没料到官军到来，大吃一惊。韩世忠派人招降他们，曹成立刻归降，得到士卒八万。

李光弼智降贼将

史思明屯兵于河清①，欲绝光弼粮道。光弼军于野水渡以备之。既夕，还河阳②，留兵千人，使将雍希颢守其栅，曰：『贼将高廷晖、李日越，皆万人敌也，至勿与战，降则俱来。』诸将莫谕其意，皆窃笑之。既而思明果谓日越曰：『李光弼长于凭城，今出在野。汝以铁骑宵济③，为我取之。不得，则勿反④！』日越将五百骑，晨至栅下，问曰：『司空⑤在乎？』希颢曰：『夜去矣。』日越曰：『失光弼而得希颢，吾死必矣！』遂请降。希颢与之俱见光弼，光弼厚待之，任以心腹。高廷晖闻之，亦降。或问光弼：『降二将何易也？』光弼曰：『思明常恨不得野战，闻我在外，以为可必取。日越不获我，势不敢归。廷晖才过于日越，闻日越被宠任，必思夺之矣。』

【梦龙评】《传》云：『作事威克其爱，虽小必济⑥。』然过威亦复偾事⑦，史思明是也。

【注释】

①史思明：唐宁夷州突厥族人，官至平卢兵马使，任安禄山亲信，唐玄宗天宝年间追随安禄山叛唐。河清：古县名，旧址在今河南省孟州西南。

②河阳：旧县名，今河南孟州以南，南临黄河，向为洛阳外围重镇。

③宵济：乘夜渡河。

④反：通『返』。

⑤司空：官名，唐代为三公之一，正一品，无实职，多为大臣摄职，此处指李光弼。

⑥《传》云：『……虽小必济』：此句出于《左传·昭公二十三年》，是公子光劝吴王僚进攻楚军时所言。作事，处事。克，胜过。

⑦偾（fèn）事：败事。

【译文】

史思明在河清屯兵，想断绝李光弼的粮道。李光弼的军队驻扎在野水渡防备。天已黄昏，回到河阳，留下士兵一千人。派将雍希颢守卫营寨，说：『叛将高廷晖、李日越都是万夫难挡之人。他们到来，你不要和他们交战；如是投降，你和他们一起来。』众将都不明白李光弼的意思，私下感到好笑。不久，史思明果然对李日越说：『李光弼擅长守城，如今兵马在野外，你带铁骑兵夜里渡河，为我抓来李光弼。抓不到就不要回来！』李日越率五百骑兵，早晨到达营寨栅栏下，问道：『司空在吗？』希颢说：『夜里走了。』李日越说：『失掉李光弼而得到雍希颢，我死定了！』于是请求投降。希颢和他一起去见李光弼。李光弼隆重款待，让他做心腹。高廷晖听到后，也投降了。有人问李光弼：『降服二将怎么这样容易？』李光弼说：『史思明经常遗憾不能野外交战，听说我在城外，认为一定能抓到我。李日越不能抓到我，势必不敢回去。高廷晖才能超过李日越，听到李日越被宠信任用，肯定想来取代李日越。』

【梦龙评】《左传》说：『做事威严胜过爱心，才能无事不成。』但是过于威严，往往会坏事，史思明就是一个例证。

制胜卷二十二

【导读】

本卷收集了以奇制胜的故事。有围魏救赵，孙膑、田忌不直接救赵而是直取兵力薄弱的敌国都城大梁使敌军回救，中途而击败之；有声东击西，如耿弇声言进攻兵精粮足的西安，却出其不意地攻占临淄。有用间，如赵臣之离间岑璋、岑猛；有反间，如赵奢善待秦国间谍，待之以坚垒不削之意而释之。或火攻，如陆逊之火烧刘备军营；或水攻，如韦睿筑堰积水以溃合肥城。或击敌薄弱以瓦解其军心，如郑军采用郑予元之建议，先重点进攻无斗志之陈国军队以瓦解多国联军；或集中优势兵力进击敌方中军，如唐代李仪采纳李晟计策，对敌军不击其首尾，而是突袭中军以建奇功。或故意战败以骄敌军，如周访之击叛军；或先声夺人以挫其锐，如韦睿进攻小岘城，先击败敌军骁勇挫其劲而一鼓拔城。以奇兵取胜者，如李继隆不先据石堡以观贼势，而是直驰敌巢，一举成功；以精兵败敌者，如晋朝马隆选三千余精兵胜一万余敌军，明代陶鲁以三百壮士令敌军闻风丧胆。至如狄青以击钲为令，忽止忽行，忽退忽前，让敌军不可捉摸，扰乱其心，然后直前突击，一举成功，更是深得用兵奇幻之道。

【原文】

危事无恒①，方随病设②。躁或胜寒，静或胜热。动于九天，入于九渊③。风雨在手，百战无前。集《制胜》。

【注释】

①危事：兵事。无恒：变化无常。

②方随病设：药方按疾病而开出。此处指军事谋略应当因时因势而宜。

③动于九天，入于九渊：攻击时仿佛从天而降，防守时好像入地所藏。『九』在古代是数字的极限，『九天』指极高的天空，『九地』指极深的地下。此句出于《孙子·军形篇》：『善守者，藏于九地之下；善攻者，动于九天之上，因此能自保而全胜也。』

【译文】

对变幻莫测的军情，没有永恒不变的对策，犹如医生为病人开处方时，必须依据不同的病情，以躁制寒，以静克热；兵家论战也一样，必须根据现场急剧变化的战况，拟定最有力的战略。使敌人无从防备，方能百战百胜。因此集《制胜》卷。

李牧仁厚服兵心

李牧①，赵北边良将也。尝居雁门备匈奴，以便宜②置吏，市租③皆输入幕府，为士卒费；日击牛飨士，习骑射；谨烽火，多间谍；厚遇战士，为约曰：『匈奴即入盗，急入收保。有敢捕虏者，斩！』如此数岁，匈奴以牧为怯，虽赵边兵亦以为吾将怯。赵王④让李牧，牧如故。赵王怒，召之，使他人代将。岁余，匈奴每来，出战数不利，失亡多，边不得田畜，乃复请李牧。牧固称疾。赵王强起之。牧曰：『必用臣，臣如前，乃可奉令。』王许之。李牧如故约，匈奴终岁无所得，然终以为怯。边士日得赏赐而不用，皆愿一战。于是乃具选车，得千三百乘，选骑得万三千匹，百金之士⑤五万人，彀者⑥十万人，悉勒习战；大纵畜牧，人民满野。匈奴小入，佯北，以数千委之。单于闻之，大率众来入。牧多为奇阵，张左右翼击之，大破，杀匈奴十余万骑。单于奔走，其后十余岁，不敢近边。

【梦龙评】厚其遇，故其报重；蓄其气，故气发猛。故名将用死士之力，往往一试而不再，亦一试而不必再也。今之所谓兵者，除一二家丁外，率丐而甲、尪而立者耳。呜呼！尪也，丐也，又多乎哉！

【注释】

①李牧：赵孝成王时为赵将防备匈奴。悼念襄王时为大将军，大破秦军，封武安侯。秦惧牧，多与赵王宠臣郭开金，行反间，言李牧欲反。赵王迁杀李牧，秦遂灭赵，虏赵王迁。

②以便宜：自己行使权力，不必请示。
③市租：市场之税收。
④赵王：赵孝成王。
⑤百金之士：能破敌擒将者赏百金。此言能勇战之士。
⑥彀者：能射者。

【译文】

李牧是赵国驻防北部边境的良将。他曾据守雁门关防备匈奴，自行设置官吏，市场税赋都交给幕府，作为士卒的费用。每天杀牛款待士卒，练习骑射，谨慎看守烽火台，多派人往来侦察敌情，厚待士卒，他要求士卒说：『匈奴即将进城为盗，急忙进入存储物资的小城堡。有敢抓匈奴人的，斩！』这样几年，匈奴认为李牧胆怯，即使是赵国边境士兵也认为自己的将领胆小。赵王责备李牧，李牧仍是如此。赵王发怒，召回李牧，派别人代他为将。一年多，匈奴几次来犯，出战几次失利，伤亡较大，边境不能种田放牧，于是再请李牧出任。李牧坚持说自己有病，赵王强制起用他。李牧说：『如果非得用我，我还像以前那样，才能接受命令。』赵王答应了。李牧到雁门关仍按以前的方法办，匈奴一年到头无所得，可始终认为李牧胆怯。边关士卒每天有赏赐却不打仗，都愿与匈奴决一死战。于是就挑选准备战车，有一千三百辆，挑选战马得到一万三千匹，骁勇善战的士卒五万人，擅长射箭的士兵十万人，全都练习打仗，大规模地放牧，人民遍野。匈奴小股兵力侵入，假装失败，扔下几千人马给他们。单于得知后，率大批兵马侵入。李牧设了许多奇阵，放开左右两翼攻击匈奴，大败匈奴，杀死十万多人。单于逃走了。以后十几年，匈奴不敢靠近边境。

【梦龙评】李牧对待士兵给予优厚的待遇，因此士兵能重重地报答他；平时积蓄士兵的士气，因此这股士气一旦迸发就十分猛烈。古代名将使用敢死的士兵去拼命，往往用一次而不用第二次，也就是用一次就能成功，而没有必要用第二次。如今被称为士兵的人，除了一两名家丁外，其余的大多是叫花子穿上铠甲，病弱之人站在那里充数而已。唉！这样的病弱之人、叫花子又是那么多啊！

周亚夫精兵破吴、楚

吴、楚反，景帝拜周亚夫①太尉击之。既发，至霸上。赵涉遮说之曰：『吴王怀辑②死士久矣。此知将军且行，必置人于淆③、渑阨狭之间。且兵事尚神密，将军何不从此右去，走蓝田，出武关，抵洛阳，间不过差一二日，直入武库，击鸣鼓。诸侯闻之，以为将军从天而下也。』太尉如其计，至洛阳，使搜淆、渑间，果得伏兵。

太尉会兵荥阳④，坚壁不出。吴方攻梁⑤急，梁请救。太尉守便宜⑥，欲以梁委吴，不肯往。梁王上书自言。帝使使诏救梁。太尉亦不奉诏，而使轻骑兵绝吴、楚后。吴兵求战不得，饿而走。太尉出精兵击破之。

【梦龙评】吴王之初发也，其大将田禄伯曰：『兵屯聚而西，无他奇道，难以立功。臣愿得五万人，别循江、淮而上，收淮南、长沙，入武关，与大王会，此亦一奇也。』吴太子谏曰：『王以反为名，若借人兵，亦且反王。』于是吴王不许。少将桓将军说王曰：『吴多步兵，利险；汉多车骑，利平地。愿大王所过城不下，直去疾西，据咸阳武库，食敖仓粟，阻山河之险，以令诸侯，虽无入关，天下固已定矣！大王徐行，留下城邑，汉军车骑至，弛入梁、楚之郊，事败矣！』吴老将皆言：『此少年摧锋可耳，安知大虑！』吴王于是亦不许。假令二计得行，亚夫未遽得志也。亚夫之功，涉与吴王分半。而后世第⑦功亚夫，竟无理田、桓二将军之言者，悲夫！

李牧、周亚夫，皆不万全不战者，故一战而功成。赵括以轻战而败⑧，夫差以累战而败。君知不可战而不禁之，子玉之败是也⑨；将知不可战而迫使之，杨无敌之败是也。

【注释】

①周亚夫：西汉沛县人，周勃的儿子，以军令严整闻名，平七国之乱后，官至丞相，后因其子私买御物下狱，绝食而死。

②怀辑：招来。

③淆：同『崤』，地名，在今河南洛宁县北。

④荥（xíng）阳：古邑名，汉代设县，今河南省荥阳市东北，为古代军事要地。

⑤梁：西汉初年封国之一，在今河南商丘、虞城、民权及安徽砀山等。

⑥便（biàn）宜：有利的战略。

⑦第：但，仅。

⑧赵括以轻战而败：赵括为战国时名将赵奢之子，他空谈其父所传兵法，实际上不会指挥作战。

⑨君知不可战而不禁之，子玉之败是也：子玉为春秋时楚军的主帅。将知不可战而迫使之，杨无敌之败是也：杨无敌，指北宋初大将杨业，又名杨继业，因其神勇善战，号称『金刀杨无敌』。

【译文】

吴、楚叛乱，汉景帝拜周亚夫为太尉去平叛。出发后不久到达霸上，赵涉拦马进谏说：『吴王招纳聚集敢死人士已经很久了。这次知道将军将要出兵，必然会在崤山、渑池一带狭隘的山谷间埋下伏兵。况且用兵崇尚神秘，将军为什么不从此向右去，走蓝田，去武关，到洛阳？两者之间不过相差一两天，直入武库，击战鼓。诸侯听到，还以为将军从天而降呢。』太尉按照他的计策去做，到达洛阳，派人搜索崤山、渑池一带的山谷，果然抓获了伏兵。

太尉在荥阳会兵，坚守营寨不出战。吴王正在紧急攻打梁王，梁王请朝廷救援。太尉有在外见机处置的权力，想把梁给吴，不肯去救。皇帝派使者宣诏救梁。太尉也不奉命前去，而是派轻骑出兵断吴、楚的粮道。吴兵求战不能，因饥饿而退走。太尉出动精兵打败了它。

【梦龙评】吴王在刚开始发兵时，他的大将军田禄伯建议：『屯聚大军一起向西推进，若是没有奇妙的计谋，是不容易获得成功的。臣愿意率领五万士卒，另外沿着江、淮上游前进，收复淮南、长沙，进入武关，和大王军队会合，这也算是一支奇兵吧！』

吴太子劝阻说：『父王出兵已有反叛的罪名，在这情形下不能轻易地把军队交由他人，因为别人也有谋反父王的可能，如若那时，该怎么办？』因此吴王没有答应田禄伯的要求。吴少将王将军游说吴王说：『吴国多步兵，步兵擅长在险地作战；汉多骑兵，骑兵擅长在平地作战。希望大王不要攻占沿途所经过的城市，直接向西攻占洛阳的军械库，夺取敖仓的粮食，凭恃山河的险阻号令诸侯。这样则虽还没有入关，但已能完全掌握天下的形势了。但假如大王因攻占城市而沿途逗留，汉军的骑兵一到，快马进入梁、楚的郊野，那就大势不妙了！』

吴王征询老将们的意见，老将们都说：『这只是年轻人为求表现而随口说说，怎知道如何考虑大局呢？』因此吴王也没有采纳少将的意见。

假使当初吴王能同时接受田禄伯以及少将所提的看法，或许周亚夫也不能顺利地平定乱事了。周亚夫平乱的事功，严格说起来，赵涉与吴王要占一半的功劳，但后世仅只推崇周亚夫，却遗漏田禄伯、王将军的建议，令人觉得遗憾、可悲。李牧与周亚夫都是没有十足制胜的把握不轻言出战的人，因此每战都能成功。赵括因轻敌而败，吴王夫差因长期征战而亡。君王明明知道不能作战，却不加以禁止，这是当年楚国大将子玉失败的原因；将领明知不能作战，而朝廷却强迫他出征，北宋时期杨无敌的失败就在于此。

周访精兵战杜曾

贼帅杜曾[1]屡败官军，威震江、沔[2]。元帝命周访[3]击之。访有众八千，进至沔阳[4]。曾等锐气甚盛。访曰：『先人有夺人之心，军之善谋也。』使将军李常督左甄[5]，许朝督右甄，访自领中军，高张旗帜。曾果畏访，先攻左右甄。曾勇冠三军，访甚恶之，自于阵后射雉[6]，以安众心。令其众曰：『一甄败，鸣三鼓；两甄败，鸣六鼓。』赵胤兵属左甄，力战，败而复合。胤驰马告访。访怒叱，令更进。胤号哭复战。自旦至申，两甄皆败。访闻鼓音，选精锐八百人，自行酒饮之，敕不得妄动，闻鼓响乃进。贼未至三十步，访亲鸣鼓，将士皆腾跃奔赴。曾遂大溃，杀千余人。访夜追之。诸将请待明日，访曰：『曾骁勇善战，向之败也，彼劳我逸，是以克之，宜及其衰，乘之可灭。』鼓行而进，遂定汉沔。曾等走固武当[7]。访出其不意，又击破之，获曾。

【梦龙评】先委之以两甄，以敝其力，以骄其气，卒然乘之，乃可奏功。然兵非素有节制，两甄先不为尽力矣。

【注释】

①杜曾：少骁勇绝人，凡有战阵，勇冠三军，西晋末为南蛮司马，永嘉乱时，据竞陵叛晋，为周访破斩。

②江、沔：江水、沔水一带，指今湖北洪湖以北地区。

③周访：元帝渡江初，命参镇东军事，寻为扬烈将军，斩华轶，破杜搜，平杜曾，时称中兴名将。

④沔阳：在今湖北汉阳西。

⑤左甄：左翼。甄，翼。此为晋时人称呼。

⑥射雉：射野鸡。

⑦固武当：保守于武当。

【译文】

西晋时叛军统帅杜曾（初为镇南参军，永嘉之乱杀胡亢，兼并胡亢部众作乱，后被周访平定）起兵反叛，屡次打败晋军，威名震动江、沔等地。晋元帝派豫章太守周访（字士达，谥庄）出兵讨伐杜曾。周访手下有八千将士，进军到达沔阳。杜曾军队因连胜士气十分旺盛，周访说：『我们先发起进攻，就可以动摇敌人的军心，这是用兵的奇谋。』周访命将军李常指挥左军，许朝指挥右军，周访自己亲自率领中军，高举旗帜，杜曾果然畏惧周访的声势，先攻打左、右两军，锐不可当，周访见杜贼气势勇猛，便若无其事地在阵地后射鸟来安定官军的心理。下令说：『一翼的军队败，击鼓三次；两翼的军队败，击鼓六次。』

赵胤隶属于左军，奋力作战，阵势被贼人冲散了，又立即会合在一起继续奋战，赵胤急得驱马驰告周访战况，周访生气地大声命令他再进兵，赵胤哭叫着应战。战事从早到晚未曾停歇，左右两军都战败了。周访听到鼓声，挑选精兵八百人，亲自倒酒请他们喝，严格要求不可轻举妄动，只有在听到鼓声后才能前进。贼人进逼到三十步距离外时，周访才亲自擂响战鼓，将士都奋勇向敌人出击。于是杜曾全军崩溃，死了一千多贼兵。

当天夜里，周访下令趁夜追击，其他将领却请求等到第二天早晨再追，周访说：『杜曾勇敢善战，刚才他们战败，是因我军以逸待劳，所以才能战胜；现在更是机不可失，应该趁着他们士气衰微的时候，一举消灭他们。』于是周访的军队擂起战鼓向前进军，平定了汉沔地区。杜曾逃往武当山地区，周访出其不意又攻武当，终于活捉了杜曾。

【梦龙评】周访先派左、右两军迎战敌人，以此来消耗敌人的战斗力，使敌人因胜而骄，然后出其不意地向敌人发动进攻，于是取得了胜利。但若不是周访的军队训练有素，左、右两军也不能如此为他拼命。

狄青作战严军纪

狄青在泾原，常以寡当众。密令军中闻钲①一声则止，再声则严阵而阳却，声止即大呼驰突。士卒皆如教，才遇敌，未接，遽声钲，士卒皆止，再声再却。虏大笑曰：『孰谓狄天使勇！』钲声止，忽前突之，虏兵大乱，相蹂多死。追奔数里，前临深涧，虏忽壅遏山隅，青遽鸣钲而止，虏得引去。时将佐悔不追击，青曰：

『奔命之际，忽止而拒我，安知非谋[2]？军已大胜，残寇不足贪也！』依智高反邕州。诏以青为宣抚使击之。或言：『贼标牌不可当。』青曰：『标牌，步兵也，遇骑兵必不能施。愿得西边蕃落民自从。』或又言：『南方非骑兵所宜。』青曰：『蕃部善射，耐艰苦，上下山如平地，当瘴未发时，疾驰破之，必胜之道也！』及行，日不过一驿。所至州，辄休士一日。至潭州，遂立行伍，明约束。军人有夺逆旅菜一把者，立斩以徇。于是一军肃然。时智高还守邕州。青惧昆仑关险厄为所据，乃按兵不动，下令宾州[3]具五日粮，休士卒。值上元节，令大张灯烛，首夜宴将佐，次夜宴从军官，三夜飨军校。首夜乐饮彻晓，次夜大风雨，二鼓时，青忽称病，暂起如内。久之，使人谕孙沔，令暂主席行酒，少服药乃出。数使劝劳座客，至晓，客未敢退。忽有驰报者，云：『夜时三鼓，元帅已夺昆仑关矣！』青既渡，喜曰：『贼不知守此，无能为也！』已近邕州，贼方觉，逆战于归仁铺。青登高望之。贼据坡上，我军薄之。青使步卒居前，匿骑兵于后。蛮使骁勇者当前，尽执长枪。前锋孙节战不利，死。将士畏青，莫敢退。青登高山，执五色旗，麾骑兵为左右翼，出其后，断蛮军为三。旋而击之，左者右，右者左，已而右者复左，左者复右，贼不知所为。贼之标牌军，为马军所冲突，皆不能驻。枪立如束，我军又纵马上铁连枷击之，遂皆披靡。智高焚城遁去。

【梦龙评】按：是役，谏官韩绛[4]言：『青武人，不足专任，请以侍从文臣为之副。』时庞籍[5]独为相，对曰：『属者王师屡败，皆由大将轻，偏裨自用，不能制也。今青起于行伍，若以侍从之臣副之，号令复不得行。青昔在鄜延，居臣麾下，沉勇有智略。若专以智高事委之，必能办贼。』于是诏岭南用兵，皆受节制。青临行，上言：『古之俘馘奏凯，割耳鼻则有之，不闻以获首者。秦、汉以来，获一首，赐爵一级，因谓之「首级」，故军士争首级，以致相杀。又其间多以首级为货，售于无功不战之人，愿一切皆罢之。』

二条皆名言，可为命将成功之法。

又青行时，有因贵近求从行者。青谓之曰：『君欲从行甚善，然智高小寇，至遣青行，可以知事急矣。从青之士，击贼有功，当有厚赏。不然，军中法重，青不能私。君自思之，愿行则即奏取君矣。』于是无复敢言求从行者。即此一节，知青能持法，必能成功。又青既入邕州，敛积尸内有衣金龙之衣者，又得金龙楯于其旁。或言：『智高已死，当亟奏！』青曰：『安知非诈？宁失智高，敢欺朝廷耶？』合观二事，不唯不敢使人冒功，即己亦不敢冒不可知之功。

【注释】

①钲：军中所用乐器，此处实指锣。

②安知非谋：怎么知道不是好办法？

③宾州：今广西宾阳。

④韩绛：字子华，北宋开封雍丘县人，韩仁之子，庆历进士，历河南及河北体量安抚使，知成都、开封府等，神宗即位，官累枢密副使、参知政事，熙宁七年，代王安石为相，元祐二年（1087年）致仕。

⑤庞籍：字醇之，北宋单州成武（今属山东）人，举进士，历任延州知府、枢密副使、宰相。鄜（fū）延：路名，宋代分陕西路地置鄜延路经略安抚使，治所在延州今陕西宜君、黄龙、宜川以北，吴堡、大里河、白于山以南地区。

【译文】

北宋名将狄青字汉臣，汾州人。他在泾原时，常能以寡击众。他密令全军士卒在听到一声钲音时全军肃立，两声钲音就做好防御但假装败退，钲声停止，则立即高喊并突击。全军士卒都能遵守狄青的教令。刚和敌人相遇，还没交手，突然敲了一声钲，全军止步不前，两声钲音响起，士兵们纷纷后退，敌人大笑说：『谁说狄青勇猛！』钲音停止，宋兵突然冲向敌阵，敌人大乱，相互践踏，死伤惨重。宋兵乘胜追击了几里后，前方忽遇山涧，敌人都撤到山上一角，狄青立即鸣钲止住军队，敌人得以逃脱。将领们却后悔没有继续追击，狄青说：『亡命奔逃的敌人，忽然停下与我军对抗，怎知其中没有别的阴谋？反正我军已大获全胜，这些残兵败寇也不值得贪图。』依智高在邕州叛乱，仁宗命狄青为宣抚使出兵征讨。有人说：『依智高的标牌兵锐不可当。』狄青说：『标牌是步兵，碰到骑兵就无法施展，我要带西部边境的蕃民出征。』又有人说：『南方的地形不适宜骑兵作战。』狄青说：『蕃人善于射箭，能吃苦耐劳，翻山越岭如履平地，只要趁着当地瘴气未起时，疾驰冲杀，一定能够取胜。』大军出发，每天行军的路程不超过一个驿站，每到州城，狄青就下令士卒休假一天。来到潭州后，狄青整编部伍，申明军纪。有士兵抢了旅店里一把青菜，狄青当场下令处斩，于是全军纪律严谨。当时侬智高据守邕州，狄青因害怕昆仑关的险要被侬智高占据，于是先按兵不动，命宾州准备五日的军粮，让士卒们就地休养。当时正逢上元节，狄青命人张灯结彩，第一晚宴请高级军官，第二晚宴请下层军官，第三晚宴请众士官。第一晚欢歌畅饮到天亮，第二晚正碰上大风雨，大约二更时分，狄青突然说不舒服，暂时离座进入内室。过了很久，命人告诉孙沔，请他暂代主人招待宾客，等服过药休息一会儿就出来。席中，更数次派人劝客饮酒，一直到天亮，客人都不敢离席。这时忽然有人骑着马前来禀报说：『昨夜三更时分，元帅已攻占昆仑关了。』狄青夺取昆仑关后，很高兴地说：『贼人不知据守这里，他们不再有别的办法可想了。』临近邕州时，贼人才有所惊觉，两军交战于归仁铺。

狄青站在高地观望。贼人据守土坡，我军进逼。狄青命步兵在前，骑兵隐藏在后。贼人派出善战者在前，手中都拿着长枪。前锋孙节战败而死，将士们畏惧狄青，没有人敢退。狄青站在高地上，手执五色旗，指挥骑兵分左、右从贼人队伍后面包抄，把敌军截成三段，回旋攻击，左右两军反复在敌阵中穿插换位，贼人看不懂这是在干什么。标牌军被骑兵冲杀，立足不稳，长枪都向上竖立无所施展，我军骑兵又在马上用铁连枷打击，贼兵溃散而逃，侬智高也在焚城后逃跑了。

【梦龙评】据查：这次战役之前，谏官韩绛曾上言：『狄青是个武将，不能独自担负大任，请派文臣做他的副手（只看其人如何，哪里在乎文武）。』当时宰相庞籍反驳说（幸好有此人）：『以往朝廷的军队屡战屡败，都是由于大将权力小，偏将和副将自以为是，不能指挥军队的缘故。而狄青出身军旅，如果派文臣为副帅，军令就无法贯彻。狄青从前在鄜州、延州时曾是我的部属，为人沉稳勇敢有谋略，如果将征讨侬智高的大任交付给他，他一定能平定乱贼（兵法：将能而君不御者胜）。』于是仁宗下诏：此次征伐岭南一带的军队，全都受狄青调度和指挥（成功在此一举）。狄青出发前，曾上奏皇帝说：『古时俘虏敌人向上奏功时，对敌人割耳朵、鼻子的都有，没听说过有砍头的事。秦、汉以来，取敌人一颗头颅，就赐爵位一级，于是称为「首级」，所以军士们为争夺敌人首级，以至于自己人互相残杀。很多人甚至把敌军的脑袋当成货物，卖给那些不尽力作战的人（这一向是最大的弊病），希望能废除这种赏功的制度。』这两条都是著名的话，可作为以后命将率兵的参考。

另外，狄青出发时，也有权贵人士请求与他一起去，狄青告诉他们说：『先生想要随军出征，很好。然而对侬智高这样的小毛贼，都到了朝廷要派我去的程度，可想战事已经很紧急了。跟随我的人，要是杀敌有功，必有重赏。不然的话，军法严厉，我不能徇私。请先生三思，之后若还是愿意随军出征，狄青立即奏请皇上批准先生同行。』于是再没有人敢要求与他同行。仅就这一件事，就知道狄青能严守法纪，日后必能成功。还有一件事，狄青攻破邕州后，在堆积的尸体中发现有个身穿绣金龙衣的人，身旁还有一副刻有金龙图案的盾牌。有人说：『侬智高已经战死，应当立刻禀奏皇上！』狄青说：『你怎知这不是敌人在欺骗我们呢？我们宁可误认侬智高还活着，怎么敢欺骗朝廷呢？』

综观这两件事，就知道狄青不但不让自己的部下冒功请赏，即使是自己，也不敢冒不能确定之功。

王越借风破大同

王越①抚大同。一日大雪，方坐地炉，使诸妓抱琵琶捧觞侍，而一千户诇虏还，即召入，与谈虏事甚析，大喜，曰：『寒矣！』手金卮饮之。复谈则益喜，命弦琵琶而侑酒，即并金卮与之。已又谈，则又喜，指妓中最姝丽者曰：『欲之乎？以乞②汝！』自是千户所至为效死力，积功至指挥。其夜袭虏帐，将至，风暴起，尘翳目，众惑欲归。一老卒前曰：『天赞我也！去而风，使虏不觉。归而卒遇虏人掠者还，而我据上游。——皆是风也！』越不觉下马拜。功成，推卒功以为千户。

【梦龙评】平蔡乘雪，夺昆关乘雨，破大同虏乘风，而皆以夜，所谓出其不意也。威宁恩结千户，是大手段。至推功小卒，即淮阴北面左车③，意何以如此？文臣中那得此等快士！其雄略又出韩襄毅、杨文襄④上矣，百陈钺⑤何敢望之？而阿丑以『两钺』为戏⑥，老、韩同传⑦，非公论也！

【注释】

①王越：明景泰进士，历官兵部尚书、总制大同及延绥甘宁军务，封威宁伯。凡三出塞，收河套地。身经十余战，出奇制胜，动有成算。奖拔士类，笼络豪俊，人乐为用。

②乞：赠送。

③淮阴北面左车：韩信既于井陉口破陈余，李左车被俘。韩信亲释缚，东向坐，西向对，而师事之。此言『北面』，亦尊事之意。

④韩襄毅、杨文襄：韩雍，谥襄毅，因平大藤峡，有威名；详见卷二『韩雍』条注。杨一清，谥文襄，三为陕西三边总制，设谋诛刘珑，故此称『雄略』。二人电文臣而有雄略者。

⑤陈钺：咸化时为辽东巡抚，请讨海西，边兵畏怯不出兵，钺隐匿不以闻。阿附权宦汪直，为时论所攻。

⑥阿丑以『两钺』为戏：时中官有名阿丑者，善诙谐，常在帝前作院本（杂剧之类），有谲谏风。一日，阿丑效汪直衣冠，持双斧踉跄而行。或问故，答曰：『吾将兵，唯仗此两钺（斧）耳。』问钺何名，曰：『王钺、陈钺也。』

⑦老、韩同传：《史记》以韩非与老子（李耳）同列一传。古时人以韩非尚刑名，与老子之讲道德二人人格绝不相类。南北朝时，王俭与王敬则同日拜三公，徐敬嗣嘲笑王俭道：『今日可谓连璧。』（王敬则武人，为士族轻视。王俭道：『不意老子遂与韩非同传。』又宋朝寇准曾言：『与韩非同传，于老子何伤？』）

【译文】

明英宗天顺年间，王越（字世昌，封威宁伯）出任大同巡抚。一天下大雪，王越正坐在地炉边，让歌伎们弹奏琵琶侍候饮酒时，正巧有一千户从虏地侦察敌情回来。王越立即召他入府，仔细地询问他有关虏地的情势，那千户谈论得很有条理，王越心情愉快地说：『你受凉了！』手持金酒杯边喝边谈，又命歌伎弹奏琵琶佐酒。

两人愈谈愈高兴，王越就顺手把金杯送给千户，接着两人又天南地北地话家常，气氛愉快，王越指着歌伎中最美艳的一位对千户说：『喜欢吗？送给你。』从此千户对王越竭尽忠诚地效命，后来累官至指挥官。

某夜，王越命人突袭敌人营地，快到达时，突然刮起风暴，让人眼睛都睁不开，众人都觉得时机不对想回营。有一名老兵上前说：『这是天助我军也。我们来到敌营，天刮大风让敌军守卫无法察觉我们侵入；等到我们完成任务归营，正好遇上入城掠夺的敌军，而我们位于上风处，顺风而行，敌人却逆风而行，这是风助我军也。』王越一听不觉下马对那老兵下拜，偷袭成功后，他保举那老兵的功劳，封为千户一职。

【梦龙评】李朔平定蔡州是利用下雪，狄青夺取昆仑关是利用大雨，而王越攻克大同是利用风暴，而且都是借着夜晚突袭成功，这就是所谓出其不意。威宁伯王越施恩结交千户，是非常高明的手段，至于他能够把功劳归于老兵，比起当年淮阴侯韩信拜服被俘的李左车也相差无几。文官中哪能有这等豪爽人物！他的雄才大略更高出韩雍和杨一清之上了，即使一百个陈钺这样的人物又怎么敢与他比？而阿丑把王越和陈钺放在一起耍笑，与《史记》中把老子与韩非子列为一传一样，都不是公正的评论。

尔朱荣速理降兵

葛荣①举兵向京师，众百万。相州刺史李神隽闭门自守。尔朱荣率精骑七千，马皆有副，倍道兼行，东出滏口②。葛荣列阵数十里，箕张③而进。荣潜军山谷为奇兵，分督将以上三人为一处，处有数百骑，令所在扬尘鼓噪，使贼不测多少。又以人马逼战，刀不如棒，密勒军士，马上各赍袖棒一枚。至战时，虑废腾逐，不听斩级，使以棒棒之而已。号令严明，将士同奋。荣身自陷阵，出于敌后。表里合击，大破之，擒葛荣，余众率降。荣以贼徒既众，若即分辖，恐其疑惧，乃普令各从所乐，亲属相随，任所居止。于是群情喜悦，数十万众，一朝散尽。待出百里之外，乃始分道押领，随便安置，咸得其宜。擢其渠帅④，量才授用，新附者咸安。时人服其处分机速。

【注释】

①葛荣：北魏末年河北各族人民起义军首领。

②滏（fǔ）口：古隘道名，今河北磁县西北石鼓山。

③箕（jī）张：两旁伸张开去如簸箕之形。

④擢（zhuó）：提拔。渠帅：敌方将领。

【译文】

魏晋南北朝时，葛荣聚众百万，朝京师进发。相州刺史李神隽紧闭城门坚守不出战。

尔朱荣率精锐骑兵七千人，带着备用的马匹，日夜兼程东出滏口赴援。葛荣的军阵绵延长数十里，由两侧围成箕形前进。尔朱荣暗中在山谷埋伏袭兵，此外以每三名督将为一任务编组，负责指挥数百骑兵，命他们在各自的守备位置，策马驰骋，扬起尘土，大声喊叫，让贼人弄不清楚对方到底有多少兵力。

为了争取主动，尔朱荣调动人马进行接近战，又为了顾虑人在马上对步兵作战，刀剑不如棍棒便捷，且可避免大家争功，抢斩首级，尔朱荣暗中下令，每名骑兵装备袖棒一支，在双方交战时，用棒将对方击昏就可以。

号令既已严整，将士气势如虹。一声令下，尔朱荣更亲自冲入敌营，从敌阵的后面与官军前后夹杀，终于大破贼人，擒服葛荣，葛荣的部众也纷纷放下武器投降。

尔朱荣见葛荣部众人数太多，若是立刻下令分别管辖，怕贼人心生疑惧再生变，因此下令众人可自行选择部队，或与亲友相聚，不限制行动。命令发布后，人人欢欣不已，数十万人在一天之内就整编完毕。

等大军行到百里外后，才又重新按个人才能、条件组编，而贼人的将领也皆量才任用，使得归顺的贼人都能安心。

当时，人人都称赞尔朱荣处理事情明快果决。

李继隆攻夏壮军威

淳化中，李继捧[①]为定难军节度使，阴与弟继迁[②]谋叛。朝廷遣李继隆[③]率兵讨之。继隆夜入绥州，欲径袭夏州。或谓夏州贼帅所在，我兵少，恐不能克，不若先据石堡以观贼势。继隆曰：『不然。我兵既少，若径入夏州，出其不意，彼亦未能料我众寡。若先据石堡，众寡一露，岂能复进！』乃引兵驰入抚宁县，继捧犹未觉。遂进攻夏州，继捧狼狈出迎，擒之以归。

【注释】

①李继捧：西夏人，太平天国年间率族人归顺宋朝，授节度使，赐姓名赵保忠。

②继迁：李继迁，西夏建立者，其族兄李继捧归宋后出逃，受辽封为夏国王，后归宋，赐姓名赵保吉。

③李继隆：字霸图，宋朝潞州人，善骑射，涉猎经史，屡立战功，谥忠武。

【译文】

宋太宗淳化年间，李继捧做定难军节度使，暗中和弟弟李继迁叛变。朝廷派李继隆率兵讨伐。继隆夜间进入绥州，想直接袭击夏州。有人说夏州是敌帅的地方，我们兵少，恐怕不能攻克，不如据守石堡来观察敌军动静。继隆说：『不对，我们兵马少，如直接攻入夏州，出其不意，他们也没能料到我们兵马多少。如先占据石堡，多少兵马一暴露，怎能再进攻？』于是率兵马疾驰进入扶宁县，李继捧还没察觉，接着进攻夏州，李继捧狼狈迎战，李继隆一举擒获他，胜利而归。

吴成器烧山斩寇

休宁吴成器由吏员为余姚主簿时，胡梅林①用兵之际，闻倭至绍兴，欲择能事者往探。县令已遣丞，丞惧，不欲行。吴大言曰：『探一信便畏缩，况交锋耶！』丞以告令，令壮其言，荐于院②。胡公召见，问：『吴簿能探贼乎？』曰：『能。』公曰：『若果能往，当以某部两千人畀汝，听汝指挥。』吴曰：『不须如许，但容某自选择，乃可从之。』吴于教场立格，选得五百人，帅之往，见所过山村俱束装谋遁，吴谕之：『无畏，大兵随后至矣！但尔曹须从我戒。』众唯唯听命。吴指山间草积，谓曰：『尔若遁，此皆非汝有。今与汝约：以炮声为号，为我举火焚之，我为尔杀贼。』众许诺。夜半行至陶家畈，探知倭船十三只泊河下，群倭掳掠既饱，聚饮村中，搂妇人而卧。乃分遣五百人歼其守船者，徙其舟，连举大炮。山民如约，皆举火。倭于梦中闻炮声，惊起，则火光烛天，疑大兵至，争窜至河下，已失舟。方彷徨寻觅，吴率众呼噪而至，斩获数百级。倭自此绝不敢犯绍兴。胡公上其功，随升绍兴府判，后升佥事。

【梦龙评】如此吏员，恐科甲[3]中亦不易得也。

【注释】

①胡梅林：胡宗宪，嘉靖进士，历知益都、余姚二县，擢御史，巡按浙江。时诸倭猖獗，以宗宪巡抚浙江，总督军务，平徐海、陈东等。

②院：按院，此指巡抚衙门。

③科甲：进士出身者。

【译文】

休宁人吴成器，由吏员升为余姚主簿时，巡抚胡梅林正在对倭寇用兵之际。听说倭寇到达绍兴，要选择一名能办事的人前去探听。县令派县丞前去，县丞害怕，不想去。吴成器大声说：『探听一下消息就畏惧害怕，假如要你冲锋陷阵该怎么办？』县丞把这事报告县令，县令欣赏吴成器说的话，把他推荐给按院。胡公召见他，问：『吴主簿能去探听敌情吗？』吴答：『能。』公说：『如果能去，我把某部两千人交给你，听你指挥。』吴说：『不需要这么多，只要允许我自己选择，就可以听从您的。』吴成器在教场设立标准，选了五百人，带领他们前去，见路过的山村百姓都已装束好准备逃走，吴成器告诉他们说：『不要怕，大兵随后到来！只是你们必须听从我的命令。』众人连声答应愿意听从。吴成器指着山间积草说：『你们如果逃走，这些都不归你们所有了。现在和你们约定：以炮声为信号，替我点火焚烧，我为你们杀敌！』众人答应了。夜半时分行军到陶家畈，探听知道倭寇十三只船停在河中，这群倭寇抢劫够了，在村中聚饮，搂着女人睡觉。吴成器就分派五百人消灭了守船的人，把船转移走，然后连放大炮，山民按照约定，都举起火。倭寇在梦中听到炮声，惊慌起来，看到火光冲天，怀疑是大军到了，争相逃窜到河边，船已经没了。正在彷徨找船，吴成器率领众人呼喊着来到了，斩获几百个首级。从此倭寇绝对不敢进犯绍兴。胡公上表为吴请功，随后提升吴做绍兴府判，后升为佥事。

【梦龙评】像吴成器这样能干的吏员，恐怕在科举考试的才子中也是不容易找到的。

王守仁巧捉宁王

王阳明①以勘事②过丰城，闻逆濠之变，兵力未具，亟欲溯流趋吉安。舟人闻濠发千余人来劫公，畏不敢发。公拔剑馘③其耳，遂行。薄暮，度不可前，潜觅渔舟，以微服行，留麾下一人服己冠服，居舟中。濠兵果犯舟，得伪者，知公去远，乃罢。公至中途，恐濠速出，乃为间谍，假奉朝廷密旨，行令两广、湖襄都御史及南京兵部，各命将出师，暗伏要害地方，以俟宁府兵至袭杀。复取优人数辈，各将公文置夹衣絮中。将发间，又捕捉伪太师家属至舟尾，令其觇知，公即佯怒，牵之上岸处斩，已而故纵之，令其奔报。濠获优，果于衣中搜得公文，遂迟疑不发。公至吉安，调度兵粮粗备，始传檄征兵，暴濠罪恶。濠知为公所卖，愤然欲出。公谓：『急犯其锋，非计也。宜示以自守不出之形，必俟其出，然后尾而图之。先复省城，以倾其巢。彼闻，必回兵来援，我则出兵邀而击之，此全胜之策！』濠果使人探公不出，乃留兵万余守省城，而自引兵东下。公闻濠已出，遂急促各府兵，刻期会于丰城。时濠兵已围安庆。众议宜急往救，公谓：『九江、南康皆已为贼所据，而南昌城中精悍万余，食货重积。我兵若抵安庆，贼必回军死斗。安庆之兵仅足自守，必不能出而夹攻。贼令南昌兵绝我粮道，九江、南康合势挠摄④，而四方之援又不可望，事其危矣！今我师骤集，先声所加，城中必恐，并力急攻，其势必下，此孙子救韩趋魏之计也！』侦者言：『新、旧厂伏兵万余，以备犄角。』公遣兵从间道袭破之。溃卒入城，城中知王师雨集，皆大骇。遂一鼓下之。濠闻我兵至丰城，即欲回舟。李士实⑤谏，以为『必须径往南京，既登大宝，则江西自服』。濠不听，遂解安庆之围，移兵泊阮子江，为归援计。公闻濠兵且至，召众议之。众云：『宜敛兵入城，坚壁待援。』公曰：『不然。彼闻巢破，胆已丧矣。先出锐卒，要其惰归，一挫其锐，将不战而溃，所谓「先声有夺人之气」也。』乃指授伍文定等方略：先以游兵诱之，复佯北以致之。俟其争前趋利，然后四面合击，伏兵并起。又虑城中宗室或内应为变，亲慰谕之，出给告示：凡胁从者不问；虽尝受贼官职，能逃归者，皆免死；能斩贼徒归降者，皆给赏。使内外居民及乡导人等四路传布。又分兵攻九江、南康，以绝其援。于是群力并举，逆首就擒。

【梦龙评】按：陈眉公《见闻录》，谓宸濠之败，虽结于江西，而实溃于安庆；虽收功于王阳明，而实得力于李梧山。李讳充嗣，四川内江人。正德十四年巡抚南畿，闻宸濠请增护卫，叹曰：『虎而翼，祸将作矣！』遂力陈反状。廷议难之。公乃旦夕设方略、饬武备，以御贼为念。谓安庆畿辅，适当贼冲，非得人莫守。当诸将庭参，于众中独揖指挥使杨锐⑥而进之曰：『皖城保障，委之于子，毋负我！』十五年，贼兵陷九江。公自将万人，屯采石，以塞上游之路，飞檄皖城，谕以忠义。锐感激思奋，相机应敌，发无不捷，节发间谍火牌云：『为紧急军情事，该钦差太监总兵等官，统领边官军十万余，一半将到南京，一半径趋安庆，并调两广狼兵、湖广土兵，即日水陆并进，俱赴安庆会集，刻期进攻江西叛贼。今将火牌飞报前路官司，一体同心防守，预备粮草，听候应用等因。』宸濠舟至李阳河，遇火牌，览之惊骇，由是散亡居半。继又发水卒千人，盛其标帜，乘飞舰百余艘，鼓噪而进，声为安庆应援。城中望见，士气百倍。锐即开门出敌，水陆夹攻，贼遂大溃。时宸濠营于黄石矶，闻败将遁。公自将兵逐北。宸濠奔入鄱阳湖，适遇巡抚王公阳明引兵至湖，遂成擒焉。后论功竟不及公。胡御史洁目击其事，特为论列，不报。故今人盛称阳明，而不及梧山，亦有幸有不幸欤？

又按：宸濠兵起，声言直取南京，道经安庆。太守张文锦与守备杨锐⑥等合谋，令军士鼓噪登城大骂，激怒逆濠，使顿兵挫锐于坚城之下，而阳明得成其功。虽天夺其魄，而张、杨诸公之智，亦足述矣！

【注释】

①王阳明：王守仁，时为提督南赣军务都御史。

②勘事：时福州三卫军人作乱。兵部遣王守仁往勘福州事，须经丰城（今江西丰城）。

③馘：割左耳。

④挠摄：扰乱而伺机进取。

⑤李士实：官至右都御史，善作诗画，因归附朱宸濠被诛。

⑥杨锐：字进之，守备安庆，朱宸濠反，东下围安庆，杨锐日夜抵御解围。

【译文】

明朝的王守仁（世称阳明先生）因往福州戡乱路经丰城，听说朱宸濠发兵叛乱，由于兵力不足，想尽快溯江赶往吉安。船家听说朱宸濠派出一千多人截杀王守仁，都害怕得不敢出船。王守仁拔剑割下船家一只耳朵才得以成行。傍晚时分，王守仁估计无法继续前行，暗中找了一条渔船，换上普通百姓的衣服继续赶路，留下一名属下穿上自己的朝服留在大船上。朱宸濠果然派人上船搜捕，抓到假王守仁，才知道真的王守仁早已走远，于是作罢。王守仁在往吉安途中，怕朱宸濠在短时间内出去，就设了一个离间计，假装身奉朝廷密旨，向两广、湖襄都御史及南京兵部发出指令，让他们分别派将埋伏在各要害地方，等见到宁王府兵就袭击格杀。王守仁又召来一些戏子，把公文藏在他们衣服里，出发前又抓了朱宸濠的太师李士实的家眷在船尾，故意让他们看见，然后王守仁假装生气要把他们拉到岸上斩首，又制造机会让他们乘隙逃走，奔至朱宸濠处将所见一一禀告。朱宸濠抓到了戏子，果然在他们衣服里搜到公文，于是犹疑不决，不敢出兵。王守仁到了吉安后，赶紧把粮草调度到位，然后开始发檄文征兵，将朱宸濠的罪恶昭告天下，这时朱宸濠才明白被王守仁出卖了，恼怒之下想立即出兵。王守仁认为：『跟他硬碰硬并非上策，应该摆出坚守不战的姿态，等朱宸濠率兵出击再尾随其后，找机会对付他。先光复南昌，颠覆朱宸濠的老巢，他一定回兵来救，这时再出击迎战，才是必胜的上策。』朱宸濠派人侦知王守仁坚守不战，于是留下一万多人守南昌，自己却率大军东下。王守仁听说朱宸濠出动了，就紧急催促各府兵马在丰城会师，当时朱宸濠的大军已包围安庆，诸将都认为应该前往救援，王守仁说：『九江、南康都已被朱宸濠占领，而南昌城中有一万名精兵，粮食充足，我军若是前往安庆救援，叛贼一定回军死拼。安庆的兵力仅能自保，不能出城与我军配合夹击。如果叛贼命南昌守军派兵断绝我军粮道，九江、南康合力骚扰，我军得不到其他援助，那情势就危急了。现在我军突然会集，声势夺人，南昌城中必生恐惧，我军合力进攻，定能一举破城，这是孙膑围魏救赵的计谋。』探报说新旧厂有伏兵万余人，互为犄角之势。王守仁下令抄小路袭击，贼兵溃败，退入城中，城中人也由此听说官军纷纷赶到，都十分惊慌，于是被一攻而破。朱宸濠听说官军抵达丰城，就想回兵，李士实谏道：『必须径直进入南京，直接称帝，江西自然归服。』朱宸濠不听，从安庆撤军，先驻扎阮子江边，策划回救南昌。王守仁听说朱宸濠回来了，就召集诸将商议，诸将说：『应该先退兵入城，坚守不战，等待援军前来。』王守仁说：『不行，他们听说老巢已破，已经丧胆，我们应该派出精锐给他们沉重一击，挫了他们的锐气，自然不战而溃，这就是所谓「先声有夺人之气」。』于是向伍文定等传授作战方略：先以游击兵诱敌，然后假装不敌败走而吸引他们，等贼兵为抢功追击时，再由埋伏的士卒四面合围。王守仁又担心城中的皇室宗亲会作为朱宸濠的内应发动叛乱，就亲自一一拜访，出示公文告示：凡过去曾受朱宸濠胁迫作乱者，一律不予追究；虽接受朱宸濠任命的官职，后来能逃离者，一律免去死罪；而能杀叛贼归降者，论功行赏。王守仁命人将此四处张贴散布，又派兵分攻九江、南康，以断绝朱宸濠的外援。最后，在各种力量的共同努力下，朱宸濠束手就擒。

【梦龙评】据查：本朝人陈眉公的《见闻录》记载：叛贼朱宸濠的失败虽然是在江西，但实际上却是在安庆种下的败因；虽然战功首推王阳明，但实际上却得力于李梧山的帮助。李梧山又名李充嗣，四川内江人。朝武宗正德十四年，他巡抚南疆时，听说宁王朱宸濠向皇上请求增加护卫，叹息说：『猛虎添翼，恐怕有兵祸要发生了！』于是向朝廷上疏极力反对，但大臣们却不赞同。李梧山于是日夜谋划，整顿武装防备力量，时刻不忘抵御叛乱之事。他认为安庆是南京的门户，是敌人必经之路，不是得力的将领不能防守。当诸位将领参拜他时，他在众鹜中唯独选中了指挥使杨锐，并对他说：『我把保卫皖城的重任托付给你，你不要辜负我的期望。』

武宗正德十五年，朱宸濠的军队攻陷九江。李梧山亲自率一万名士兵在上游堆积石块，以堵塞上游的道路，又派人紧急通知皖城戒备，并以忠孝节义勉励杨锐。杨锐非常感激，更加奋发，相机应敌，每战无不取胜，又沿途传递发布军令的火牌，上面写道：『因军情紧急，特命钦差太监为总兵，统领官军十余万人，一半派赴南京，一半派赴安庆，并征调两广、湖广一带的地方武装，即日起分由水、陆同时出发，各路兵马在安庆会师，约定时间进攻江西剿灭叛贼。现将火牌飞马传报，希望前路各将领同心协力防守戒备，囤积粮草，随时听候调遣，准备应战。』朱宸濠的战船行至李阳河，截下火牌一看，大为惊慌，有一半贼兵散逃。此时李梧山又派一千水兵，搭乘百艘船舰，在船上升起军旗，命船上军士大声叫喊，为安庆城里的将士声援。城中守兵看到后，士气大振。杨锐立即打开城门率兵迎敌，水陆两面夹攻，贼兵大溃而逃。当时朱宸濠的部队正在黄石矶扎营，听说兵败的消息，趁夜逃跑。李梧山又亲自率兵遥击。朱宸濠逃至鄱阳湖，正巧碰上巡抚王阳明率兵到鄱阳湖，于是，被官军擒获。

后世谈起此事论说功劳，竟只字不提李梧山。御史胡洁曾亲眼所见整个事件的经过，还特别论述过此事，但并没有奏禀朝廷。所以现在人们只大大称赞王阳明，却遗忘了李梧山，难道世上的人真是有幸运和不幸运？

另外，据查：朱宸濠兵变之初，就一再表明要直攻南京，途经安庆时，太守张文锦与守备杨锐等人商议，下令军士登上城墙大声叫骂，激怒叛贼朱宸濠，使朱宸濠的大军受挫于杨锐死守的安庆城下，最后王阳明才能一举擒获朱宸濠。虽然上苍夺去了张文锦、杨锐二将的生命，但他们的智谋，也是值得后人称道的。

王轼用兵有方

浙东贼裘甫①作乱。以王轼②为观察使讨平之。诸将诣于轼曰："公始至，军食方急，而遽散之，何也？"轼曰："贼聚谷以诱饥人。吾给之食，则彼不为盗。且诸县无守兵，贼至，则仓谷适足资之耳。""不置烽燧③，何也？"轼曰："烽燧所以趋救兵也。今兵尽行，徒惊士民耳。""使懦卒为候骑④而少给兵，何也？"轼曰："彼勇卒操利，遇敌则不量力而斗，斗死则贼至不知矣。"皆拜曰："非所及也！"

【注释】

①裘甫：仇甫，唐大中十三年十二月，裘甫率众于浙东起义，先后攻克浙江象山、剡县，接连杀唐将范居植等，拥众三万余人，自称"天下都知兵马使"，声震中原，席卷浙东地区。

②王轼：明大臣，官至兵部尚书。

③烽燧（suì）：烽火，古时边防传递信号的一种信号。

④候骑（jì）：担任侦察巡逻任务的骑兵。崔浩注曰："候，逻骑。"

【译文】

浙东裘甫起义，朝廷让王轼做观察使讨伐平定。众将拜见王轼说："公刚刚到来，军粮正紧，却立刻开仓散发，为什么？"王轼说："敌人聚集谷物来引诱饥饿的人，我给他们粮食，他们就不去做强盗。况且各县没有守兵，敌人到来，那仓里的粮食正好资助了他们。""不设烽火台，为什么？"王轼说："烽火是催促救兵的，如今士今全部出征，白白地惊扰百姓。』『派懦卒为探马又少给兵器，为什么？』王轼说：『那些勇兵拿着锋利武器，遇到敌人就拼死战斗，战死了就不知道敌人到了哪儿。』众将都拜谢说：『不是我们比得上的！』

诡道卷二十三

【导读】

本卷收集了以诡变之道取胜的战争故事。诡，即奇诡、诡诈。孙膑用减灶法诱使悍勇而轻齐的魏国军队深入险境，因而歼之；岳飞假称粮食吃完，引叛军曹成追击，乘势而灭之，皆示敌以弱而诱敌。虞诩用增灶法使羌兵不敢追赶，得以安全撤退；祖逖以土假作粮，示敌以粮足兵饱，使久饥之数军连夜逃跑；檀道济以米覆沙假称资粮有余使魏兵不敢追，得以全军归，皆是示敌以强而退敌。韦孝宽模仿牛道恒笔迹作通敌书信使东魏大将段琛不再用牛道恒之谋；岳飞伪作蜡书与刘豫，使金主对刘豫生疑而废之；种世衡以法崧送礼书与野利王，使元昊疑野利王而杀之，皆为用间的典型事例。李广能于数千匈奴兵面前全身而退；王越能在敌我双方力量极为悬殊的情况下从容撤走；皆是镇静疑敌而得全。冯异让伏兵穿敌军服装以乱敌，用的是鱼目混珠之计；朱景移敌军于淮水中所设浮标而使敌军溺死大半；傅永派兵以浮瓢灯火乱敌军所设之标志而使敌军慌乱无措，皆是将计就计。吕蒙假称病笃使关羽丧失警惕，得而轻易取南郡；马隆令军士负农器耕田使虏兵懈怠，得而乘机击破之，皆是用计麻痹敌军。厨人濮以裳裹首假呼已擒华登，何无忌缴获敌军空设羽仪之船却假称已擒斩敌帅，王世充以士卒假扮李密，皆是扰乱敌军之心，得而乘机取胜。

【原文】

道取其平[1]，兵不厌诡[2]。实虚虚实，疑神疑鬼。彼暗我明，我生彼死。出奇无穷，莫知所以[3]。集《诡道》。

【注释】

①道取其平：为人之道要平和。

②兵不厌诡：兵不厌诈。诡，欺诈，诡秘。

③所以：理由，原因。

【译文】

走路要选择平坦的大道，用兵打仗却不能排斥诡诈。只有实中有虚、虚中有实，才能使敌人疑神疑鬼，防不胜防。只有敌人糊涂我方明白，才能使我方生存而敌人灭亡。出奇制胜，变化无穷，敌人就会不知所措。因此集《诡道》卷。

公子突抵御戎人

北戎侵郑，郑伯[1]御之，患戎师，曰：『彼徒我车[2]，惧其侵轶我也[3]。』公子突[4]曰：『使勇而无刚者，尝寇而速去之[5]，君为三覆[6]以待之。戎轻而不整，贪而无亲，胜不相让，败不相救。先者见获，必务进；进而遇覆[7]，必速奔。后者不救，则无继矣，乃可以逞。』从之。戎人之前[8]遇覆者奔，祝聃[9]逐之，衷戎师，前后击之，尽殪，戎师大奔。

【梦龙评】茅元仪曰：『千古御戎，不出数语，今则反是，戎安得不逞？』

【注释】

①郑伯：郑庄公，姓姬，名寤生。

②彼徒：对方是步兵。我车：我方是车兵。车，车兵。

③惧其侵轶我也：恐怕车战很难进退，容易被戎人的步兵所侵凌突进。轶，突进，超越。

④公子突：郑厉公姬突，郑庄公次子。

⑤尝寇而速去之：尝寇，试探敌人；速去，迅速地离开。

⑥君为三覆：君，您，君王；为三覆，设三处伏兵。

⑦遇覆：遇到伏兵。

⑧戎人之前：北戎的前锋部队。

⑨祝聃（dān）：亦作『祝瞻』，时为郑国的大夫。衷戎师：包围了戎军。衷，包围。尽殪（yì）：全部杀死。

【译文】

春秋时期，北戎侵犯郑国，郑庄公要抵抗，又害怕北戎的军队，说：『他们步战，我们车战，害怕他们从后面袭击我们。』公子突说：『派英勇而无刚性的士卒去试探敌军并迅速退回，您埋伏三批伏兵等待北戎。北戎轻敌而不严整，贪婪而不亲密，胜利不谦让，失败不救助。走在前边的人看到有所掳获，肯定努力向前；行进遭到打击，必定迅速奔逃。后边的不救助，就没有了援救兵力，我们就可以获胜了。』郑伯听从了公子突的建议。戎人前边的士兵遇到打击就奔逃了，祝聃率伏兵追击他们，截断戎兵，前后攻击，全被歼灭，北戎军队大败奔逃。

【梦龙评】茅元仪说：千古以来，抵御戎兵的战术就这么几句话，现在带兵的都反其道而行，戎人怎会不得意呢？

夫概献计败楚军

吴败楚师于柏举①，追及清发②，将击之。阖闾之弟夫概王曰：『困兽犹斗，况人乎！若知不免而致死③，必败我。若使先济者④知免，后者慕之，蔑有斗心矣。半济而后可击也。』从之，大败楚人，五战及郢⑤。

【注释】

①吴败楚师于柏举：吴王阖闾九年（前506年），吴与蔡、唐大举攻楚，于柏举（今湖北麻城东）大破楚囊瓦军，囊瓦奔郑。吴师继续追击败兵。

②清发：河名，为损水支流，或谓即损水，在今湖北安陆。

③知不免而致死：知无逃生之路而拼命死战。

④济：涉河。

⑤五战及郢：五战五胜，遂至楚郢都。

【译文】

吴军在柏举打败了楚军，追到了清发河，将要消灭楚国。阖闾的弟弟夫概王说：『困住的野兽还要搏斗，何况人呢？如果知道无逃生希望就拼死抵抗，必然要打败我们。如让先渡河的知道生还，后边的羡慕前边的就没有斗志了。等过了一半以后就可以进攻了。』吴军采纳了，大败楚人，五次交战，就打到了郢。

随国若识破楚奸计

楚武王侵随，使求成焉，而军瑕以待之。随人使少师①董成。斗伯比曰：『我之不得志于汉东也，我则使然，我张吾三军，以武临之，彼则惧而协以谋我，故难图也。汉东之国，随为大，随张，必弃小国，小国离，楚之利也。少师宠，请羸师以张之。』少师归，请追楚师。季梁谏曰：『楚之羸，其诱我也！』乃止。

【梦龙评】当时微季梁，几堕楚计。楚子反有言：『围者，柑马而秣之，使肥者应客。』故凡示弱者皆诱也。

汉兵乘胜追匈奴。高帝闻冒顿居上谷，使人觇之。冒顿匿其壮士肥牛马，见老弱羸畜。使者十辈来，皆言匈奴可击。上复使刘敬②往，敬还报曰：『两国相击，此宜矜夸见所长。今臣往，徒见羸瘠老弱，此必欲见短，伏奇兵以争利。愚以为匈奴不可击。』上不听，果围于白登。

天后中，契丹李尽忠、孙万荣之破营府也，以地牢囚汉俘数百人。闻麻仁节等诸军将至，乃令守者绐之曰：『家口饥寒，不能存活，待国家兵到即降耳。』一日引出诸囚，与之粥，慰曰：『吾等乏食养汝，又不忍杀汝，纵放归，若何？』众皆拜伏乞命，乃纵去。至幽州，具言其故，兵士闻之，争欲先入。至黄銮峪，贼又令老者投官军，送遗老牛瘦马于道侧。仁节等弃步卒，将马先入。贼设伏，横截将军，生擒仁节等，全军皆没。二事皆类比。

【注释】

①少师：官名，周朝置少师、少傅、少保以辅佐天子。春秋时楚国置，用以辅导太子。

②刘敬：西汉齐人，本姓娄，高祖赐姓刘，号奉春君，忘封建信侯。

【译文】

楚武王侵犯随国，派人让随国人前来谈判讲和，军队在瑕地等待。随人派来少师主持对楚和谈。楚臣斗伯比说：『我们在汉水以东扩充领土很不得志，这是我们自己造成的，我们夸大三军的声势，用武力逼迫，他们都害怕就合力对付我们，因此难图谋啊！汉水以东的国家，随国最大，随国最大必然抛弃小国，小国背离，对楚有利。少师很受宠信，请允许我疲弱的士卒去进攻他们。』少师回去，请求随君派兵追击楚军。季梁进谏说：『楚军假装疲弱，这是引诱我们啊！』随国于是没追击。

【梦龙评】当时若是没有季梁，随人就掉进楚国的圈套了。楚国的子反曾说：『被包围的队伍，喂马的时候在马嘴里偷偷塞上木橛子，给敌人造成粮草充足、连马都不愿吃草料的样子，接待对方使者也要选身体肥胖的。』所以，凡是向敌人示弱的，都是诱敌之计。汉高祖率兵乘胜追击匈奴，听说匈奴单于冒顿在上谷，派人前去侦察。冒顿把匈奴善战的武士、肥壮的牛马都藏起来，在外面放些老弱残兵及瘦弱的牲畜。汉朝前后派出十个密探，都说可以进攻匈奴。高祖再派刘敬前往，刘敬回来报告说：『两国交战时，应该向对方夸耀自己的武力，表现出自己军队的强大。现在臣到匈奴去，只看到瘦弱的牲畜、年老体弱的战士，这是故意让我们看到弱点，肯定是为了引诱我们进攻，再用伏兵取胜。臣认为匈奴不可攻打。』高祖不听，果然被冒顿围困在白登。武则天时，契丹人李尽忠、孙万荣起兵造反，攻陷营州，俘获好几百名汉兵，把他们关在地牢。听说麻仁节等部队快来了，就命地牢的看守骗囚犯们说：『我们的家人饥寒交迫，生存困难，等朝廷大军一到就会投降。』一天，把所有囚犯带出来，给他们喝米粥，并对他们说：『我们缺粮，无法养活你们，又不忍心杀你们，只好放你们回去。』众囚犯都拜谢而去。他们回到幽州，将这些事一一说出，士兵听说后，都想赶快打进营州立功。大军到了黄銮峪，李尽忠又派老弱的士卒来投降，并且送去一些老牛瘦马放在路边。麻仁节等人就留下步兵，只率领少数的骑兵进攻。李尽忠设伏侧面攻击，生擒麻仁节等人，汉军全军覆没了。这两件事都与此类似。

楚人齐心灭庸国

楚大饥，庸人率群蛮叛楚。麇人帅百濮[1]聚于选[2]，将伐楚。于是申、息[3]之北门不启。楚人谋徙于阪高。蒍贾曰：『不可，我能往，寇亦能往。不如伐庸。夫麇与百濮谓我饥不能师，故伐我也。若我出师，必惧而归。百濮离居，将各走其邑，谁暇谋人？』及出师侵庸，及庸方城[4]。庸人逐之，囚子扬窗。三宿而逸，曰：『庸师众，群蛮聚焉，不如复大师，且起王卒，合而后进。』师叔曰：『不可。姑又与之遇以骄之。彼骄我怒，而后可克，先君蚡冒[5]所以服陉隰也。』又与之遇，七遇皆北。庸人曰：『楚不足与战矣！』遂不设备。楚子乘驲，会师于临品[6]，分为二队以伐庸。群蛮从楚子盟，遂灭庸。

【梦龙评】楚以不徙而存，宋以南渡而削。我朝土木之变，徐武功倡言南迁，赖肃愍诸公不惑其言。不然，事未可知矣！

【注释】

①百濮：地名，在今湖北省首县以南，一直到湖南省带德等地。均为百濮人散居的地方。

②选：春秋楚地，在今湖北枝江县南。

③申、息：在今河南信阳一带。

④方城：春秋庸地，在今湖北省竹山县东南。

⑤蚡冒：名焦眴，楚武王的哥哥。

⑥临品：春秋楚地，在今湖北省均县南。

【译文】

楚国闹大饥荒，庸国人率领各部族叛楚。麇国人率各族在选地聚集，将要讨伐楚国。于是申、息的北城门不开。楚人商议迁徙到阪高。药贾说：『不行，我们能去，敌人也能去。不如征伐庸国。麇和百濮认为我们闹饥荒不能出兵，因此讨伐我们。如果我们出兵，他们必然害怕而回。百濮各部分散居住，将各回自己的地方，谁有工夫谋划别人的事？』于是楚国出兵进犯庸国，到达庸国方城。庸人追击楚军，捉住楚将子扬并囚禁起来，三宿后才逃脱。药贾说：『庸国人马多，各部族聚在一起，不如再派大军，并且出动楚王亲率的军队，合兵以后再进军。』师叔说：『不行。再遇敌和他们交锋时使他们骄傲起来，他骄我怒，然后可以打败他们，先君蚡冒就是这样服山林湿地中各部族的。』又和庸人相遇，楚军七战七败。庸人说：『楚军不能和我们交战了！』于是就不再设防。楚子乘传车，在临会师，分成两队讨伐庸国。各部族都和楚国结盟，终于消灭了庸国。

【梦龙评】楚国人因为不迁都而保存下来，宋朝人因为迁都临安而国势从此衰弱。我朝土木之变后，徐武功倡导向南迁都，幸亏肃愍等人没有受到他的迷惑，不然的话，我朝命运实在无法想象。

李广镇定退匈奴

广与百余骑独出，望匈奴数千骑，见广，以为诱骑，皆惊，上山陈[①]。广之百骑皆大恐，欲驰还走。广曰：『吾去大军数十里，今如此以百骑走，匈奴追射，我立尽。今我留，匈奴必以我为大军之诱，必不敢击。』乃令诸骑曰：『前！』未到匈奴阵二里所，止，令曰：『皆下马解鞍！』其骑曰：『虏多且近，即有急，奈何？』广曰：『彼虏以我为走，今皆解鞍以示不走。』于是胡骑遂不敢击。有白马将出护[②]其兵，广上马，与十余骑奔射杀胡白马将，而复还至其骑中，解鞍，令士皆纵马卧。会暮，胡兵终怪之，不敢击。夜半，疑汉伏军欲夜取之，皆引去。平旦，广乃归大军。

威宁伯王越与保国公朱永帅千人巡边。虏猝至，主客不当[③]。永欲走，越止之，为阵列自固。虏疑未敢前。薄暮，令骑皆下马衔枚，鱼贯行，毋反顾。自率骁勇殿。从山后走五十里，抵城。虏不觉。明日乃谓永曰：『我一动，虏蹑击，无噍类矣。结阵，示暇形以惑之也。次第而行，且下马，无军声，故虏不觉也。』

【注释】

①上山陈：陈，同『阵』。上山为阵以待。

②护：监视。

③主客不当：主军与客军实力相差悬殊。

【译文】

李广与一百多骑兵独自出去追击匈奴，活捉一人正要上马回去，看见匈奴有几千骑兵，他们看见李广，以为是做诱饵的骑兵，都很吃惊，上山列阵等待。李广的一百多骑兵都非常害怕，要疾驰往回奔。李广说：『我们离大军几十里远，如今这样带一百多骑兵往回跑，匈奴追击射箭，我们立刻全完了。现在我们留下，匈奴必然认为我们是大军的诱饵，必然不敢攻击。』就令众骑兵说：『前进！』离匈奴阵不到二里多地，停止了，李广下令说：『都下马解鞍！』那些骑兵说：『敌人多而且近，如情况紧急，怎么办？』李广说：『他们认为我们可能走，现在解鞍表示我们不走。』因此匈奴骑兵就不敢出击。有一骑白马的将领出来监视李广他们，李广上马，和十多个骑兵奔驰射杀匈奴的白马将，又回到骑兵当中解鞍，命士兵让马躺卧，接近黄昏，匈奴骑兵一直很奇怪，不敢出击。半夜，匈奴疑心汉朝军队要在夜里攻打，就都退走了。到第二天天亮，李广他们才回到大军。

威宁伯王越与保国公朱永率领一千人巡视边境。敌人突然来到，双方实力相差悬殊。朱永要走，王越制止了他，设阵自守。敌人疑虑不敢上前。到黄昏时，下令骑兵都下马口衔木棍，鱼贯前进，不要回头看，王越自己率英勇善战的殿后。从山后走了五十里，到了城中。敌人竟没有察觉。第二天王越就对朱永说：『我们一撤敌人会随后追来，我们无人能够生还。排列成阵势，显示从容不迫来迷惑敌人。一个挨一个前进，而且下马，毫无声响，因此敌人没察觉。』

吕蒙托病擒关羽

吕蒙[1]既领汉昌太守，与关羽分土接境。知羽有并兼之心，且据上流，乃外倍修好。后羽讨樊，留兵将备公安、南郡[2]。蒙上疏曰：『羽讨樊，而多留备兵，必恐蒙图其后故也。蒙常有病，乞分士众还建业，以治疾为名。羽闻之，必撤备兵尽赴襄阳。昼夜驰上，袭其空虚，则南郡可下，而羽可擒也！』遂称病笃[3]。权乃露檄[4]召蒙还，阴与图计。蒙以陆逊才堪负重而未有远名，乃荐逊自代。逊遗书与羽，极其推让。羽意大安，稍撤兵以赴樊。权闻之，遂行，先遣蒙在前。蒙至浔阳，尽伏其精兵𦪇䑵[5]中，使白衣摇橹，作商贾人服。昼夜兼行，羽所置江边屯候[6]，尽收缚之，故羽不闻知。直抵南郡，傅士仁、糜芳皆降。蒙入据城，尽得羽及将士家属，皆抚慰。有取民一笠以覆官铠者，其人系蒙乡里，垂涕斩之。于是军中震栗，道不拾遗。蒙旦暮使亲近存恤耆老[7]，问所不足。病者给医药，饥寒者赐衣粮。府藏财宝，皆封闭以待权至。羽还，在道路数使人与蒙相问[8]。蒙辄厚遇其使，周游城中，家家致问，或手书示信。使还，私相参信[9]，咸知家门无恙，见待过于平时，故吏士无斗心，羽遂成擒。

太康初，南虏成奚每为边患。西平太守马隆帅军讨之。虏据险拒守。隆令军士皆负农器，将若田者。虏以隆无征讨意，御众稍怠。隆因其无备，进兵击破之。毕隆之政，不敢为寇。

【注释】

①吕蒙：字子明，三国吴人，智勇兼备，曾与周瑜、孙权合谋败曹操，封孱陵侯。

②公安：古县名，今属湖北省。南郡：郡名，此处指其治所江陵，今属湖北省。

③病笃（dǔ）：病重。

④露檄（xí）：不加封缄的文书。孙权此处用露檄，是有意泄密。

⑤𦪇䑬（gōu lù）：大型的船只。

⑥屯候：驻军的瞭望哨。

⑦存恤（xù）：慰问救济。耆（qí）老：泛指老人。古人六十岁称为『耆』。

⑧相问：通消息。

⑨参信：互相通信。无恙（yàng）：没有疾病灾祸，平安无事的意思。

【译文】

三国时，吴国大将吕蒙被任命为汉昌太守，汉昌与关羽管辖的江陵地区接壤。吕蒙认为关羽有兼并己方土地的野心，并占据长江上游，所以表面上与关羽特别亲近友好。后来关羽攻打曹军的樊城，留下一些将士守卫公安和南郡，吕蒙上奏孙权说：『关羽讨伐樊城，却留下许多后备部队，这一定是他害怕我抄了他的后路。我常闹病，请主上允许我带上部分士兵以治病为名回建业。羽听说此事，后备部队，全部开往襄阳。这时我军就日夜兼程，乘虚而入袭击南郡，关羽也可擒获。』

于是吕蒙宣称病重。孙权用一封不加缄封的书信将他召回，暗中秘密地谋划打败关羽的计划。吕蒙认为陆逊虽没有大的名，但颇有将才，能堪大任，于是推荐陆逊接替自己的职务。陆逊到任以后，给关羽写了一封极其友好和谦恭的信。关羽见信大为安，就陆续把后备部队调赴樊城。孙权接获报告，就发动军队攻击关羽。他先派遣吕蒙率兵前往浔阳，吕蒙把精兵全部埋伏在船舱里，做了一些白颜色的商人服装，让士兵穿着摇橹，昼夜加倍赶路而关羽派往长江沿岸的侦察员也都被吕蒙捉住，所以关羽一点消息都不知道。

吕蒙的军队长驱直入南郡，守将傅士仁、糜芳都出城投降。吕蒙进城后，拜访关羽及士兵们的家属，并安抚和照顾他们。吕蒙的部队军纪严明，有一位吕蒙的同乡抢了城中百姓的一顶斗笠覆盖将领的盔甲，吕蒙流着眼泪将他斩首示众，于是军中震惊，以致路不拾遗。吕蒙每天早晚都派亲信去慰问老年人，询问他们生活上缺少什么，生病的给送医送药，饥寒的赐予衣食。关羽库中的财宝，吕蒙也下令贴上封条，等孙权来后再处理。关羽退兵，途中多次派人来向吕蒙探听情况，吕蒙总是礼貌周到地招待派来的使者，让他们在城中到处参观，拜访各官兵家，士兵的家属亲笔写信托使者带回，等使者回来后，士兵们私下探问，都知道家中平安无事，生活又比以前安定，都失去与吕蒙战斗的意志，于是关羽被擒获。

晋武帝太康初年，南虏成奚常常侵扰边境，西平太守马隆奉皇帝之命率兵征讨。虏人凭恃险要的地形抵抗官军。马隆命士兵们都背着农具，好像要下田耕作的样子。虏人以为不是来征讨自己的，就稍稍松懈防备。马隆便趁着虏人没有防备之时，突然进军，大败虏兵。在马隆镇守期间，虏人不敢再骚扰边境。

藏克借牛示援兵

建武十一年，臧宫[1]将兵至中卢，屯骆越。时公孙述[2]将田戎、任满与岑彭相拒于荆州。鼓战数不利。越人谋叛从蜀。宫兵少，力不能制。会属县送委输车数百乘至。宫夜使锯断城门限，令车声回转出入至旦。越人候伺者闻车声不绝而门限断，相告以汉兵大至，其渠帅[3]乃奉牛酒劳军。宫陈兵大会，击牛酾[4]酒，飨[5]赐慰纳之。越人由是遂安。

周访击斩张彦于豫章[6]，访亦中流矢，折前两齿，形色不变。及暮，访与贼隔水，贼众数倍。自知力不敌，乃密遣人如樵采者而出。于是结阵鸣鼓而来，大呼曰：『左军至！』士卒皆呼『万岁』。至夜，令军中多布火而食。贼谓官军益至，未晓而退。访谓诸将曰：『贼虽引退，然终知我无救军，当还掩袭。宜促渡水北。』既渡，断桥讫[7]，而贼果至，隔水不得进。

陈独孤永业[8]守金墉。周主攻之，不克。永业通夜办马槽两千。周人闻之，以为大军且至，惮之。适周主有疾，遂引还。

【注释】

①臧宫：字君翁，东汉初郏县人，从光武征战，以勇称，拜辅威将军，击诸郡平之，拜广汉太守，封朗陵侯，卒谥愍。

②公孙述：东汉初扶风茂陵人，新莽时，为蜀郡太守。

③渠帅：敌军的首领。

④酾（shī）：斟酒。

⑤飨（xiǎng）：用酒食款待客人。

⑥周访：字士达，晋浔阳人，元帝渡江，命参镇东军事，寻以为扬烈将军，为中兴名将，积官梁州刺史。卒谥号壮。张彦：西晋时，荆湘流民起义军首领杜弓岁的部将，曾奉命攻陷豫章（治今江西南昌市）。

⑦讫（qì）：终结，终了。

⑧独孤永业：字世基，南北朝北齐中山郡人，本姓刘，幼孤，随母改姓独孤氏，有才能，擢补定州六州都督。

【译文】

建武十一年，臧宫带兵到中卢，驻扎在骆越。当时，公孙述的部将田戎、任满在荆门和岑彭抗拒。岑彭几次交战失利。越人商议反叛归蜀。臧宫兵少，靠武力不能制止。正好属县送几百辆运输车来到。臧宫夜里派人锯断城门门槛，让车的声响回转出入到天亮，越人的探子听到车声响不断而门限断了，回去报告汉兵大批到来，他们主帅就牵牛捧酒来犒劳汉兵，臧宫列兵大聚会，杀牛喝酒，用盛宴招待越人并加以安慰。越人从此安定。

周访在豫章打败并斩了张彦，周访也中了流箭，跌断前面两颗牙齿，脸色不变，到黄昏时，周访和敌人隔河相望，敌人比周访士卒多好几倍。周访自知兵力不敌对方，就暗中派人化成樵夫模样潜出军营，再列队鸣鼓回营，大喊道：『左军到了！』城里的士卒都欢呼『万岁』。到了夜晚，令军士多布置篝火开饭。敌人说官军不断到来，因此天没亮就退走了。周访对众将说：『敌人虽退走，可是最终会知道我们没有救兵，还要回来攻打，应该赶快渡河北走。』渡河以后，把桥梁弄断了，敌人果然来到，但隔河不能进兵。

陈国的独孤永业守卫金墉，周朝君主攻打，没攻下来。永业连夜置办马槽两千个。周人听说，以为大军将要来到，害怕非常。正好周朝君王有病，于是领兵回去了。

贺若弼设计惑敌

贺若弼①谋攻京口，先以老马多买陈船而匿之，买弊船五六十艘，置于渎内。陈人觇之，以为中国无船。又令缘江防人每交代之际，必集广陵，大列旗帜，营幕被野。陈人以为隋兵大至，急发兵为备；既而知之，不复戒严。又缘江时猎，人马喧噪。及是济江，陈人遂不知觉。

【梦龙评】按：贺若弼攻京口。任忠[2]言于陈主曰：『兵法：「客贵速战，主贵持重。」今国家足食足兵，宜固守台城，缘淮立栅。北军虽来，勿与交战。分兵断江，勿令彼信得通。给臣精兵一万，金翅三百艘，下江径掩六合。彼大军必谓其渡江将士已被俘获，自然挫气。淮南之人，与臣旧相知悉。今闻臣往，必皆景从。臣复扬声欲往徐州，断彼归路，则诸军不击自去。此良策也！』陈主不从，以至于亡。

【注释】

①贺若弼：字辅伯，隋朝河南洛阳人，文武兼备，有重名于世，以战功进封宋国公，拜右武侯大将军。

②任忠：字奉诚，南朝陈汝阴人，封梁信。郡公。

【译文】

隋朝大将贺若弼谋划进攻京口。先是因老马多而购买陈人的船藏匿起来，购买破的船五六十艘，放在沟渠内。陈人偷看了，认为中原国家没船。贺若弼又下令沿江防御的人马换防时，必须集中在广陵，大张旗帜，营寨遍野。陈人以为隋兵大批到来，紧急发兵作为防备；以后陈人知道了，就不再戒备森严。另外，沿江经常打猎，人嚷马叫。到这时渡过江去，陈人竟然没有察觉。

【梦龙评】据查：当贺若弼攻打京口时，任忠对陈主说：『兵法说：「客军应采取速战，主军应采取坚守战略。」目前国家粮食富足，兵强马壮，所以应该坚守城池，并且沿淮河埋设木栅，即使隋军来攻，也不与交战，还需派几路兵力前去截断长江水路，使隋军各将领间无法联系。再拨给臣精兵一万、战舰三百艘，顺江而下偷袭六合。到那时隋军必定会以为渡江的部队已被我军杀败俘虏，士气自然大挫。而淮南人多为臣过去的老相识，听说臣率军而来，一定前来投效归附。臣再放出风声要攻打徐州，截断隋军后路，那么两军不须交战，隋军也必退兵。这是良策。』可惜陈主没有采纳，终于覆亡。

张弘范有备无患

张弘范[1]字仲畴讨，李璮于济南[2]。其父柔[3]戒之曰：『汝围城勿避险地。汝无怠心[4]，则兵必致死。主者[5]虑其险，苟有来犯，必攻救，可因以立功。勉之！』弘范营城西。璮出军突诸将营，独不向弘范。弘范曰：『我营险地，璮乃示弱[6]于我，必以奇兵来袭。』遂筑长垒，内伏甲士，而外为壕，开东门以待之。夜令士卒浚濠，益深广。璮不知也，明日果拥飞桥来攻，未及岸，军陷壕中。得跨壕而上者，遇伏皆死。

元兵逼宋少帝于崖山[7]。或请先用炮，弘范曰：『火起则舟散，不如战也。』明日四分其军，军其东、南、北三面，弘范自将一军，相去里余，下令曰：『闻吾乐作，乃举[8]，违令者斩！』先麾北面一军，乘潮而战，不克。李恒等顺潮而退。乐作，宋将以为且宴，少懈。弘范舟师犯前，众继之。预构战楼于舟尾，以布幕障之，命将士负盾而伏。令曰：『闻金声起战。先金而妄动者死！』飞矢集如猬，伏盾者不动，舟将接，鸣金撤障，弩弓火石交作，顷刻并破七舟。宋师大溃，少帝赴水死。

【注释】

①张弘范：元世宗时为都元帅，督兵伐宋，执文天祥于五坡岭，破张世杰、陆秀夫于崖山，因以亡宋。

②讨李璮于济南：1262年，蒙古江淮大都督李璮据济南叛，宋连结。为史天泽等所破，璮被杀。

③柔：张柔，金人，金亡后归元，拜河北东西等都元帅，战胜攻取，威震河朔。

④怠心：懒怠、松懈之心。

⑤主者：我军主帅。

⑥示弱：表示无力能攻。

⑦元兵逼宋少帝于崖山：1278年，宋帝昰死，陆秀夫等立卫王赵昺为帝，时年八岁，即此所谓『少帝』。避元迁居崖山（今广东新会南）。次年，张弘范、李恒至崖山，宋大败，陆秀夫负幼帝昺投海死，宋亡。

⑧举：开战。

【译文】

元朝大将张弘范奉命征讨济南的李璮。他的父亲张柔训诫他说：『包围攻打对方的城池，不要回避险要的地势。只要你不松懈，士兵一定会为你拼死效命。主帅考虑到险要的军事重地，一旦遭到敌人的进犯，必然发兵救援，那时候，就可以建立功勋。好好努力吧！』张弘范驻扎在城西。李璮率军向官军各营地出击，却唯独没有攻打张弘范的营地。张弘范对下属说：『我营的位置险要，所以李璮才故意对我显示他的兵力微弱，他一定打算出奇兵突袭我。』于是张弘范命人修筑长长的营垒，垒下埋伏全副武装的士兵。而营外挖掘战壕，大开东门准备迎战。晚上张弘范命令士兵摸黑挖深战壕，使得壕沟又深又宽，但是李璮并不知道。第二天，李璮果然命士兵搭建吊桥进攻，士兵还未到沟岸就掉入壕沟。一小部分侥幸攀越壕沟而上的士兵，也都被张弘范埋伏的士兵杀死。

当元兵追击宋少帝到厓山时，有人建议用炮攻。张弘范却不同意，说：『如果用炮攻，一定会把船队击散，不如双方刀刃对阵。』

次日，张弘范把军队分成四队，先包围东南北三面，而自己却带领一支军队离开阵地一里多路，行前下令说：『听到我奏起的乐声就进攻，凡是违抗军令者，斩！』

元军首先由北面的一军借涨潮时进攻，不料失败。将军李恒等人于是又顺着潮水退兵。这时乐声突然响起，宋军将领误认是元军举行宴会，竟放慢对元军的进攻。就在这一刻，张弘范的水军，忽然出现在宋舰前面，其他三路元军也相继开来。

张弘范事先曾在船尾搭建船楼，然后用布幕遮起，命将士负盾而伏，严令他们：『听到钟声立刻现身作战，凡是提前轻举妄动者，一律按军法处以死刑！』

此时宋军的箭矢有如刺猬般密集，而伏盾而卧的元军仍然按兵不动。当双方军舰快要撞击在一起时，张弘范才下令敲钟并拉开布幕。霎时弓弩与火石齐发，转眼就击沉宋军战舰七艘。结果宋军大败，陆秀夫背着少帝赵昺投海自杀。

罪犯、女子胜士兵

吴阖闾伐越。越子勾践御之，陈于檇李。勾践患吴之整也，使死士再禽①焉，不动。使罪人三行，属②剑于颈，而辞曰：『二君有治，臣奸旗鼓，不敏于君之行前，不敢逃刑，敢归死！』遂自刭也。吴师属目，越子因而伐之，大败之。

叶谷浑寇洮、岷二州。遣柴绍③救之，为其所围。虏乘高射之，矢如雨下。绍遣人弹胡琵琶，二女子对舞。虏怪之，相与聚观。绍察其无备，潜遣精骑，出虏阵后，击之，虏众大溃。

【梦龙评】罪人胜如死士，女子胜如劲卒。是皆创奇设诱，得未曾有。

【注释】

①禽：冲阵。

②属：接。

③柴绍：唐高祖女婿，妻为平阳公主，累从征伐，封霍国公，拜右骁卫大将军。

【译文】

吴国阖闾攻伐越国。越王勾践抵御吴军，在檇李地方陈兵布阵。勾践担忧吴军严整，让敢死队一连发动两次进攻，但吴军丝毫没有动摇。于是他把死囚排成三行，把剑架在他脖子上，而辞谢说：『二君判了我的罪，臣违犯军令，不能在君行的前面先走，我不敢逃刑，但敢于死！』于是自杀了。吴国军队为之瞩目，因而越王勾践去讨伐吴军，吴军大败。

吐谷浑进犯洮岷二州，派遣柴绍去救援二州，结果却被吐谷浑的军队包围。吐谷浑军居高临下放箭射杀柴军，箭下如雨。柴绍派人弹胡人琵琶，并叫两个女子对舞。吐谷浑兵士对此很奇怪，互相议论，聚在一起观看。柴绍观察胡军不防备，暗中派遣精锐骑兵，冲到胡虏阵后，突然攻击，胡虏众人大败而溃退。

【梦龙评】罪犯犹如死士，女子犹如精兵。这些都是奇异创新的诱敌之计，从来没有过。

奚武异服察敌情

宇文泰遣达奚武①觇高欢军。武从三骑，皆效欢将士衣服，日暮，去营数百步，下马潜听，得其军号。

因上马历营，若警夜者，有不如法，往往挞之，具知敌之情状而还。

【注释】

①达奚武：字成兴，北周人，封高阳郡公，谥桓。

【译文】

宇文泰派达奚武到高欢营中刺探军情。达奚武带领三名骑兵，都穿上仿制的高欢军队将士的衣服。天将黄昏时，在离高欢军营几百步的地方下马，仔细偷听，得知了高欢军的口令。于是上马入营巡视，像巡夜的士卒一样，发现有不守军规的士卒，还常常鞭打一顿，在全部探明了高欢军的情况后离开了敌营，顺利返回。

狄青易旗破党项

狄青为延州指挥使，党项①犯塞。时新募万胜军未习战阵，遇寇多北。青一日尽将万胜旗号付『虎翼军』，使之出战。虎望其旗，易②之，全军径趋，为虎翼所破。

【注释】

①党项：党项羌人，指赵元昊之西夏。

②易之：轻视之。

【译文】

狄青做延州指挥使的时候，党项进犯边塞。当时新招募的万胜军还没演习过战阵，遇到来犯之敌常常失败。一天，狄青把万胜军旗号交给『虎翼军』，命令虎翼军出战。敌军望见被改换的旗号，全军直奔虎翼军而来，结果被虎翼军杀得大败。

朱、傅借水破敌军

梁之渡淮而南也，表其可涉之津。霍丘[1]守将朱景浮表于木，徙置深渊。乃梁兵败还，视表而涉，溺死大半。

齐将鲁康祚侵魏。齐、魏夹淮而阵。魏长史傅永[2]曰：『南人好夜斫营[3]，必于淮中置火，以记浅处。』乃夜分兵为二部，伏于营外。又以瓢贮火，密使人于深处置之，戒曰：『见火起，亦燃之！』是夜，康祚等果引兵斫营。永伏兵夹击之。康祚等走趋淮。火既竞起，不辨浅深处，溺死及斩首不知其数。

【注释】

①霍丘：古县名，在今安徽省西部，淮河南岸。

②傅永：北魏清河人，幼有气干，勇力过人，王肃为豫州，以为长史，故拒齐师有功。

③斫（zhuó）营：袭击敌营。

【译文】

后梁军队渡过淮河向南行进，派人标出可以涉水而过的水域。霍丘的守将朱景，把梁军的标志用水浮起，移到深水处。等到梁军败而归，按着标志过河，结果淹死大半。

南朝齐军大将鲁康祚侵犯北魏，齐、魏两军在淮水两岸摆开阵。魏国的长史傅永说：『南人善于夜间袭击大营，必然在淮水中设置灯火以标志浅水处。』于是魏军分为两部分，埋伏在营外。又用囊贮存上火种，密派士卒在深水处设置标志，并告诉士卒说：『见到对方火起，你们也点燃这些火种。』这天夜里，鲁康祚果然率兵来偷袭魏营。傅永的伏兵立即两面夹击，康祚带兵向淮水败逃。这时标水的火已竞相点燃，慌乱中，康祚军将士分辨不出哪儿深浅，被斩杀及淹死的不计其数。

贺若敦智破陈军

后周时，陈将侯瑱等围逼襄州，贺若敦[1]奉命往救，相持于湘、罗之间。初，土人密乘轻船，载米粟及笼鸡鸭，以饷瑱军，敦患之，乃伪为土人，装船伏甲士于中。瑱军人望见，谓饷船至，竞来取。敦伏甲尽擒杀之。又敦军数有叛人乘马投瑱者。敦别取一马，牵以趋船，令船中逆以鞭鞭之，如是者再三，使马畏船不肯上。后伏兵江岸，使人乘畏船马，诈投附以招陈军。陈军竞来牵马。马既畏船不上，伏兵发，又尽杀之。以后实有馈及亡奔瑱者，并疑不受。

【注释】

①贺若敦：北周时河南洛阳人，鲜卑族，屡立大功，后因恃功出怨言，被逼令自杀。

【译文】

北周时南朝陈国大将侯瑱等率兵进逼和围攻襄州，贺若敦奉命前往援救，双方在湘、罗之间相持。当初土人暗中乘坐轻型船只，装载米粟和鸡鸭等物，常来供应侯瑱兵士，贺若敦深感不安。于是他便派兵伪装成当地人，在小船内埋伏士兵，侯瑱士兵看到以后，都认为是土人前来犒劳，争相来取。北周伏兵将其全部擒杀。另外，贺若敦部下常有人乘马叛降侯瑱军。于是贺若敦便派人牵来一马，向船靠近，又令船中人用皮鞭不断迎击马首，这样进行多次，该马即畏船不敢登乘。接着他便在江岸埋伏兵力，派人乘畏船之马，诈为投降，以招陈军。陈军兵士竞来牵马，但马却畏船不上。这时，伏兵齐发，将牵马陈兵全部杀死。以后即使真有供饷和叛降的周兵，侯瑱都严令兵士，不予接受。

李光弼智获敌马

史思明有良马千余匹，每日出于河南渚[1]浴之，循环不休。李光弼命索军中牝[2]马，得五百匹，絷[3]其驹而出之。思明马见之，悉浮渡河，尽驱入城。思明怒，泛火船欲烧浮桥，光弼先贮百尺长竿，以巨木承其根，毡裹铁叉，置其首，以迎火船而叉之。船不能进，须臾自焚尽。

【注释】

①渚：江河中的小陆地。

②牝（pìn）：专指雌性的鸟兽。

③絷：拴、捆。

【译文】

史思明有良马一千多匹，他每天都到河南岸为马洗澡，循环不间断。李光弼命人搜寻军中母马，共寻得五百匹，连同每匹马的小马驹一块儿牵出去。史思明的马见了这群母马，都从浮桥上跑过河来，李光弼命人全部驱赶入城。史思明大怒，泛着火船来要烧掉浮桥。李光弼已经先预备下了百尺长竿，用大木头承接长竿的根部，长竿头部安上铁叉，用毡裹上，用这长叉竿对着火船叉去，火船无法前进，不一会儿火船便焚烧殆尽。

虞翻挟蒙进城门

吕蒙既诱縻芳出降①，未入郡城②，而召诸将高会作乐。翻曰：『今区区一心者，縻将军也，城中之人，岂可尽信？何不急入城，持其管钥乎？』蒙从之。翻曰：『未也。设城中有伏，吾与将军休矣！』复将芳入城，而翻代芳教曰：『芳得间归③，愿共死守。有能破吴军者，吾当低首拜之。』于是谋伏兵者④皆前。翻尽按诛之，蒙乃入。

【梦龙评】有此谋伏辈，南郡自足死守。未亏而下，芳真奴才也！总是玄德不定都荆州之误。

【注释】

①吕蒙既诱縻芳出降：吕蒙白衣渡江夺关羽荆州事。时縻芳守江陵，为吕蒙劝降。

②郡城：指南郡治所江陵。

③间归：乘机而归。

④谋伏兵者：策划埋伏兵士于城内以歼吴兵者。

【译文】

吕蒙已经诱使縻芳出来投降，但却没有进入郡城。而是召集众将盛宴作乐。虞翻说：『如今对我们一片忠心的，是縻将军啊！城中的人，难道可以完全相信吗？为什么不快快进城把城掌管起来呢？』蒙听从了这番话。虞翻说：『不能这样做。假设城中有埋伏，我和将军您全没命了！』虞翻又带领糜芳进城，并教给糜芳这样说：『糜芳得以乘机而归，愿与你们共同死守此城，有能攻破吴军的，我就鞠躬拜谢。』于是策划埋伏兵士在城内的都走到到糜芳面前，虞翻把这些人都杀了，吕蒙这才进城。

【梦龙评】有了这批计划伏击吴军的，南郡足以死守。居然不战而降，糜芳真是个奴才！这也是刘备不定都荆州的恶果。

武案卷二十四

【导读】

本卷收集了练兵、布阵、守城、攻坚等多种方法。案，即案例、范例，武案即战争范例。练兵之法，如项梁以兵法部署宾客、李纲献寄军令于内政之法。战阵之法，如宋代的郭固等人讨论九军阵法、吴璘仿车战阵法创立叠阵法、南宋的张威针对平原旷野对骑兵有利而对步兵不利的情况创『撒星阵』，因而大败金兵；明代的戚继光以鸳鸯阵法取胜，皆善于思考，敢于创新。攻坚之法，如北宋招讨使赵遹寻找到叛兵未设防的天险，以奇兵攀缘而上，又以缚有火炬之猿猴引燃敌寨以扰乱敌军，得以取胜平叛；又如明代的安万铨利用敌人山寨一隅的一棵大树，令军士攀缘而上，奇袭敌寨而一举成功，皆能寻找敌人防卫弱点，以奇取胜。守城之法，如司马楚之以水筑冰城使敌人束手无策，宋代的张浚弛壕渔之禁使城壕不结冰防止敌人借冰梯登城，桓崇祖以淝水溺攻城之魏军，韦孝宽以掘壕破敌人掘壕攻城之计，唐代的张巡以大木、铁钩、火笼破敌军云梯攻城之法，以铁汁破敌人木驴之计，皆善于应变，令敌人束手。钱传瓘以扬灰、散豆破敌，杨璇以排囊石灰取胜，刘锜令甲士竹筒装豆，张贵造无底船诱溺敌兵，另外如以铁蒺角陷贼、以火老鸦烧敌船，皆奇思异想。另外如纵烟自隐、柴断险道、师马师蚁等，都是聪明之计。

【原文】

学医废人，学将废兵。匪学无获，学之贵精。鉴彼覆车[1]，借其前旌[2]。青山绿水，画本分明。集《武案》。

【注释】

①鉴彼覆车：前车之覆，后车之鉴。

②前旌：前人的旌旗，指前人的道路和经验。

【译文】

照书本行医的医生要害死人，嘴上夸夸其谈的将军会牺牲士兵。这不是说书本毫无用处，而是说读书贵在精通。前车之覆，后车可鉴；先锋打旗，后续循轨。前人的成功经验，就像青山绿水一样清晰，是学画者临摹的蓝本。所以，辑有《武案》一卷。

项梁集天下豪杰

项梁[1]尝杀人，与籍[2]避仇吴中。吴中贤士大夫皆出梁下。每有大繇役及丧，梁常主办，阴以兵法部勒宾客、子弟，以知其能。后果举事，使人收下县，得精兵八千人，部署豪杰为校尉、侯、司马。有一人不得官，自言。梁曰：『某时某丧，使公主某事，不能办，以故不任公。』众乃皆服。

司马师[3]阴养死士三千，散在人间。诛曹爽时，一朝而集，竟莫知其所自来。

【注释】

①项梁：秦末农民起义军首领，曾多次大败秦军，后因骄傲轻敌为秦将章邯所败。

②籍：项籍，即项羽，名籍，字羽，从叔父项梁起义，后自立为西楚霸王。

③司马师：字子元，三国河内温县人，司马懿的长子。

【译文】

项梁曾经杀过人，他和项籍躲避仇家在吴中。吴中的贤士大夫都出于项梁门下，每当有官府大规模调派民夫的事以及有人有喜庆丧事的时候，常常由项梁出面主办。项梁暗中使用兵法部署宾客、子弟，因此大家都知道项梁很有才能。后来项梁果然起事，派人收取了会稽郡属下各县，得到精兵八千人，他们部署的豪杰，都做了校尉、侯或司马。其中有一个人没有得到官职，有些怨言。项梁说：『某时某件丧事，我让你主持某事，而你不能办，所以不能任用你。』众人都很服气。

司马师暗中训练了敢死的勇士三千人，分散在民间。诛杀曹爽时，一下子就集合起来，人们竟然不知道这些勇士是从哪里来的。

李纲整顿军队

李纲云：古者自五、两、率、旅，积而至于两千五百人为师，又积而万两千五百人为军①。其将、帅、正、长皆素具，故平居恩威，足以相服，行阵节制，足以相使，若身运臂，臂使指，无不可者，所以能御敌而成功。今宜法古，五人为伍，中择一人为伍长；五伍为甲，别选一人为甲正；四甲为队，有队将正副二人；

五队为一部，有部将正副二人；五部为军，有正副统制官；节制统制官有都统，节制都统有大帅，皆平时选定。闲居则阅习[②]，有故则出战，非特兵将有以相识，而恩威亦有以相服。又置赏功，凡士卒有功，即时推赏，后有不实，坐[③]所保将帅。其败将逃卒必诛，临阵死敌者，宽主帅之罚，使必以实告而优恤之。又纳级计功之法，有可议者，如选锋精骑陷阵却敌，神臂弓、强弩劲弓射贼于数百步外，岂可责以斩首级哉！若此类，宜令将帅保明，全军推赏。

【梦龙评】其法本于《管子》[④]，但彼寄军令于内政，犹是『井田』遗意。此则训练长征[⑤]，尤今日治兵第一务。

【注释】

①『古者自五、两、卒、旅』句：《周礼·地官小司徒》载所谓周时兵制：『五人为伍，五伍为两，四两为卒，五卒为旅，五旅为师，五师为军。』故一师为两千五百人，一军为一万两千五百人。又云『以起军旅，以作田役，以比追胥，以令贡赋』。兵寓于农，而兵制则由其田制而派生。战时之将、帅、正、长，即平时之各级乡官。

②阅习：操演兵阵。

③坐：坐罪。

④『其法本于管子』句：管子，指管仲。《国语，齐语》载管仲『作内政而寄军令』。其制国，五家为轨，轨为之长；十轨为里，里有司；四里为连，连为之长；十连为乡，乡有良人。至战时，则五人为伍，轨长帅之；十轨为里，即五十人为小戎，里有司帅之……把军队的制度寄于行政土地制度之中，

这是与当时的井田制分不开的。

⑤长征：长征军，即常备军，是那种平时为农、战时为兵的军队。

【译文】

李纲说：古时候兵制，『五人为伍，五伍为两，四两为卒，五卒为旅，五旅为师，五师为军。』所以积累达到二千五百人为师，又积累到一万二千五百人为军。由于兵制是由田制派生，所以战时之将、帅、正、长，即平时的各级乡官。因此平时的恩威，都能使部下相服；行阵发令，都能使部下听从。这如同身体支配两臂、两臂支使十指一样，没有不得心应手的，因此才能抗击敌人并获得胜利。今天，军队的建制应该效法古代，五人为一伍，选择其中一人当伍长；五伍为一甲，另选一人做甲正；四甲为一队，队里设正、副将二人；五队为一部，设正、副部将二人；五部为一军，设正副统制官节制，统制官有都统节制，都统上有大帅，这些将领都是平时选定的。和平时期就训练操演军阵，打仗时便可出战，不但将帅与士兵都能相识，而且恩威也可以使部下相服。再设置赏功司，凡是士卒作战有功的，立即给予奖赏。若事后发现有作假的，就处罚其所在部队的将帅。对于败将逃兵，必须诛杀或处罚，但对于临阵能拼死杀敌的，可以减轻对所在部队将帅的处罚。这样做，才会使各级部下以实相报，从而加以优待和抚恤。还要实行缴纳首级，以便按首级多少计功的方法，但不能把这当成唯一的计功标准。比如，选精骑冲锋陷阵击退敌人，有用神臂弓、强弩劲弓在百步之外射死敌人，怎么能要求他去斩敌人的首级呢？像这类情况，应当让各级将帅出保证明，全军推荐，按功行赏。

【梦龙评】这是从《管子》中学来的办法，不过管子的时代是寓军于民，仍然有井田制度的痕迹，李纲则是在安排常规军的建制，这是当今军备最重要的环节。

戚继光鸳鸯阵法

戚继光[①]每以『鸳鸯阵』取胜。其法：二牌平列，狼筅[②]各跟一牌；每牌用长枪二支夹之，短兵居后。遇战，伍长低头执挨牌前进。如已闻鼓声而迟留不进，即以军法斩首。其余紧随牌进。交锋，筅以救牌，长枪救筅，短兵救长枪；牌手阵亡，伍下兵通斩。

【注释】

①戚继光：嘉靖中历浙江参将，大破倭寇，升福建总督。所练新军被称为『戚家军』，后以都督同知总理京师北边练兵事。

②狼筅：戚继光创造的兵器。用大毛竹制，前有利刃。

【译文】

明朝大将戚继光经常靠『鸳鸯阵』取胜。具体做法是：两名盾牌兵并排在阵前，盾牌兵之后各有一名狼筅兵，盾牌兵的两旁各有两名长枪兵，后面是短兵。作战时，盾牌兵手持盾牌低头前进，如果听到击鼓前进的号令，却迟疑不前，就以军法论斩，其余士兵紧随盾牌跟进。双方交战时，狼筅兵负责保护盾牌兵，长枪兵负责救援狼筅兵，短刀兵负责保护长枪兵。一旦盾牌兵阵亡，那么一组士兵一律处斩。

郭登创立搅地龙

定襄侯郭登①，智勇兼备，一年百战，未尝挫衄②。以己意设为『搅地龙』『飞天网』：凿深堑，覆土木，人马通行，如履实地；贼入围中，令人发其机，自相击撞，顷刻十余里皆陷。

【梦龙评】今其法想尚存，何不试之？

【注释】

①郭登：明开国功臣武定侯郭英之子。博闻强记，好谈兵。景泰初以都督佥事守大同，以破敌功封定襄伯。

②挫衄：挫折、失败。

【译文】

定襄侯郭登，智勇双全，一年之中历经百战，不曾失败过一次。他自己独创了『搅地龙』『飞天网』：开凿深堑，上面覆盖土木，人马从上面通行，如同行进在实地上；敌人如果进入壕堑，就命令立即打开机关，敌人自相碰撞，顷刻间，十多里的地方全部塌陷。

【梦龙评】这种战法也许今天仍然保存着，为什么不用来试一试呢？

垣崇祖水淹魏军

魏师二十万攻豫州①，刺史垣崇祖②欲治外城，堰淝水以自固。众恐劳而无益，且众寡不敌。崇祖曰：『若弃外城，虏必据之，外修楼橹，内筑长围，则坐成擒矣！』乃于城西北堰肥水，堰北筑小城，周为深堑，使数千人守之，曰：『虏见城小，以为一举可取，必悉力攻之，以谋破堰。吾临水冲之，皆为流尸矣。』魏果攻小城，崇祖着白纱帽，肩舆上城，决堰下水，魏人溺死千数，遂退走。

【注释】

①魏师二十万攻豫州：齐高帝建元元年（479年），北魏分出三路攻齐，次年，步骑号称二十万临豫州。南齐之豫州，治在圣寿春。

②垣崇祖：宋明帝时为兰陵太守，附萧道成，参与机谋。及道成受禅，崇祖由兖州刺史为豫州刺史。后为齐武帝所杀。

【译文】

二十万魏军进攻豫州，刺史垣崇祖欲治外城，阻拦住淝水以利自己固守。众将士、百姓恐怕劳而无功，况且寡不敌众。垣崇祖说：『如果放弃外城，魏军必然占据外城。外修了望楼，内筑长围障，那我们就只有坐而待擒了。』于是在城西北阻淝水筑水坝，在城北筑小城，周围挖深堑濠，派几千名兵士去把守，说：『敌寇看见城小，以为可以一举攻破，必然全力来攻。我们乘机打开水坝，用水去冲淹敌军，那么敌军就都成流尸了。』魏军果然来攻小城。这时，垣崇祖戴着纱帽，亲乘小轿上城，决坝放水，魏军被淹死的数以千计，只好撤退败走。

孟珙放水攻蔡州

孟珙①攻蔡，蔡人恃柴潭为固，外即汝河，潭高于河五六丈，城上金字号楼伏巨弩，相传下有龙，人不敢近。将士疑畏。珙召麾下饮酒，再行，谓曰：『此潭楼非天造地设，伏弩能及远，而不可射近。彼所恃，此水耳，决而注之，涸可立待。』遣人凿其两翼，潭果决。实以薪苇，遂济师，攻城克之。

【注释】

①孟珙：字璞玉，自号无庵居士，宋朝绛州人，屡立战功。

【译文】

南宋将领孟珙攻打金哀宗所据的蔡州，蔡人凭着柴潭固守。潭外是汝河，而潭比河深五六丈，城上金字号楼埋伏着强弩手。相传下面有龙，人不敢靠近，将士们十分疑虑畏惧。孟珙召集部下将士饮酒，酒过两巡，孟珙对众将说：『这个潭楼并非天造地设，埋伏的强弩手只能射远，却不能近射。蔡人所倚仗的，只有这潭水。把这潭水的坝决开，将潭水放干，便可攻下此城。』于是派人在堤坝的两侧凿两个洞，潭水果然被放干。又派人垫上柴草，然后带领军队发起进攻，蔡州城就被攻下来了。

宗泽神料吓金人

宗泽以计败却金人，念敌众十倍我，今一战而退，势必复来，使悉①其铁骑夜袭吾军，则危矣。乃幕徙其军。金人夜果至，得空营，大惊，自是惮泽不敢犯。

【注释】

①悉：尽其全部。

【译文】

宋朝大将宗泽用计使金兵败退，但他考虑到金人的兵力比宋军多十多倍，金人因一仗而败退，不会甘心，一定还会卷土重来，如果金人出动所有骑兵夜晚袭击宋军，那么就相当危险了。于是在傍晚时，宗泽就率大军悄悄地转移了。夜里金人果然前来偷袭，发现整个营寨空无一人大为惊讶。从此金人非常畏惧宗泽，再也不敢出兵进犯了。

孟宗政守城御敌

孟宗政①权枣阳军。金完颜讹可拥步骑薄城，宗政囊糠盛沙以覆楼棚，列瓮潴水以堤火，募炮手击之，一炮辄杀数人。金人选精骑两千，号『弩子手』，拥云梯、天桥先登。又募凿银矿石工，昼夜陷城，运茅苇，直抵围楼下，欲焚楼。宗政先毁楼，掘深坑防地道，创战棚防城陨。穿井才透，即施毒烟烈火，鼓鞴以熏之。金人窒，以湿毡析路以刬土。城颓楼陷，宗政撤楼益薪，架火山以绝其路，列勇士，以长枪劲弩备其冲，距楼陷所亟筑偃月城，袤百余尺，翼傅正城，深坑培仞，躬督役，五日而成。金人卒不得志。

【注释】

①孟宗政：字德夫，宋朝绛州人，有胆略，屡败金兵，威震境外。

【译文】

南宋孟宗政权知枣阳军。金将完颜讹可率骑兵步兵攻到城下，孟宗政用糠袋沙包覆盖在楼棚上，用瓦罐储水防火，又招募火炮手，一炮就可击杀金兵数人。金人精选两千骑兵，号称『弩子手』，利用云梯、天桥登城楼。又招募银矿采石工日夜挖掘地道，并运来茅草、芦苇堆积在城楼下，准备火烧城楼。孟宗政先拆毁城楼的一角，挖掘深坑，防止金人由地道攻城，并设立活动棚屋防止塌陷。金兵挖穿地道，孟宗政就下令施放毒烟烈火，并用风箱鼓风扇火。金人呼吸不畅，只好用湿巾蒙住口鼻刨土另找出路。城垮楼陷，孟宗政撤出城楼，又派人堆柴燃火，形成一座大火山，阻断金人道路，排列勇士手持长枪、劲弩防备金兵冲杀。在城楼塌陷的地方紧急修筑半月形城墙，长达百余尺，作为正城的辅翼。又挖了几丈深的大坑，孟宗政亲自督工，五天之内就完成了，金人始终无法如愿攻破城池。

刘馥防患于未然

刘馥[1]为扬州刺史，高为城垒，多积木石，编作草苫[2]数千万枚，益贮鱼膏数千斛，为战守备。时天连雨，城欲崩，于是以苫蓑[3]覆之，夜燃脂照城外，视贼所作而为备，贼败走。

【注释】

①刘馥（fù）：字元颖，三国时魏沛国相县（今安徽省濉溪县西北）人。建安初，说袁术部将戚寄、秦翊率众投太祖，太祖悦之，司徒辟为掾史，后贬为扬州太守。

②苫（shān）：用茅草编成的覆盖物。

③蓑（suō）：蓑衣，古人用草或棕毛制成的一种雨具。

【译文】

刘馥做扬州刺史的时候，高筑城垒，多储木石，编制草苫几千万枚，又增加备用鱼膏数千斛，当时正赶上连日下雨，城墙眼看要崩塌，于是刘馥用草苫复盖城墙，夜间点燃鱼膏照着城外，观察敌人动向，以做好各种准备，敌人不得已被迫撤离。

盛昶大破赵贼寇

盛昶①为监察御史，以直谏谪罗江②县令，为政廉明，吏畏而民信之。时邑寇胡元昂啸集③称叛，昶行檄谕散其党。邻邑德阳寇赵铎者，僭称赵王，所至屠戮。攻成都，官军覆陷，杀汪都司④，势叵测。罗江故无城，昶令引水绕负县田，又伏奇兵山隈，阳示弱，遣迎贼入室。未半，昶率义勇士闻炮声，兵突出，各横截贼，贼不相救，山隈伏兵应声夹攻，殊死斗，贼大北，斩获不记数，俘获子女财物尽给其民，邑赖以完。父老泣曰：『向微⑤盛公，吾属俱罹锋镝⑥矣！』

【注释】

①盛昶（chǎng）：字允高，明吴江人，景泰进士。昶隽爽负气，授御史。

②罗江：旧县名，在今四川省德阳县、安县境内。

③啸集：盗匪聚集成盗。

④都司：本为官署名，即尚书省左、右司，此指尚书左、右司郎中、员外郎。

⑤向微：假使。

⑥罹（lí）：遭受不幸。锋镝（dí）：箭头。

【译文】

盛昶作为监察御史，由于从实上谏而贬谪为罗江县令，有为政廉明的政绩声誉，官吏们畏惧他而百姓们信仰他。当时本县的强盗胡元昂聚众叛变，盛昶发布檄文驱散他的党羽。邻县德阳的寇贼叫赵铎的，冒用赵王的名分，所到之处屠杀百姓。赵铎强盗攻打成都，官军失败，城邑失陷，汪郡司被杀，赵贼之发展势头不可推测。罗江县本来没有城墙，盛昶命令引水环绕县田一周，以水为城，白天打开市门，但市中家家闭户，兵士藏在各家各户中，约好听到炮响兵士一齐冲出。又在山的弯处埋伏下奇兵，在山的南面用很弱的兵力，准备迎敌。盛昶的兵士进入各家各户不到半个时辰，炮声响了，盛昶率领义勇军冲出来，各自拦路截贼。贼兵互相不能救助，山隈的伏兵又杀出来夹击他们，经过殊死搏斗，贼兵大败，盛昶军斩获敌人不计其数，将俘获的子女财物全部归还老百姓。罗江县邑靠着盛昶得以完好无损。父老乡亲哭泣着说：『如果一向不是仰仗盛公，我们全都落难在刀枪弓箭之下了！』

韩世忠大败金兵

世忠与兀术相持于黄天荡①，以海舰进泊金山下，预用铁绠②贯大钩，授骁健者。明旦，敌舟噪而前。世忠分海舟为两道，出其背，每缒一绠，则拽一舟沉之。兀术穷蹙③。

【梦龙评】嘉靖间，倭寇猖獗吴郡，亦有黄天荡之捷。时贼掠民舟，扬帆过荡，官军无敢抗者，乡民愤甚，敛河泥船数十只追之，以泥泼其船头。倭足滑不能立，而舟人皆蹑草履，用长脚钻能及远。倭覆溺者甚众。

【注释】

①黄天荡：今江苏省南京市东北。

②铁绠：铁绳。

③穷蹙（cù）：窘迫。

【译文】

韩世忠与金兀术在黄天荡相持不下。韩世忠指挥海舰进泊在镇江大江中的金山下，预先用铁索贯穿大钩，授予骁勇善战的将士使用。第二天，金兀术的战船鼓噪着前来进攻。韩世忠把海舰分为两道，分别从敌船背后出击，每一条索钩钩住敌人的一只船，使敌船沉没。金兀术束手无策。

【梦龙评】本朝世宗嘉靖年间，吴郡一带倭寇猖獗，但也曾有过抗击倭寇的黄天荡大捷。当时倭寇抢夺了民船，浩浩荡荡地驶过黄天荡，官军却不敢出来抗击。当地百姓极为愤慨，于是聚集了十几艘挖泥船去追赶倭寇，百姓们把淤泥泼向倭船，倭寇脚踩烂泥，根本站不稳，而百姓脚穿草鞋不怕滑，他们用长脚钻刺杀倭寇，倭寇翻船淹死的不计其数。

杨素夜渡蒲城河

杨素袭蒲城①，夜至河际，收商贾船，得数百艘，置草其中，践之无声，遂衔枚而济。

【注释】

①蒲城：古县名，旧址在今陕西省渭河平原东北部，洛河下游。

【译文】

杨素突袭蒲城，夜晚时来到河口，收购商家船只几百艘，在船板放上干草，士兵在上面走动就不会发出声响，于是全军衔枚渡河。

马隆大破树机能

马隆讨树机能①。虏兵劲，皆负铁铠。隆于夹道累磁石。贼行不得前。而隆卒悉被犀甲②，无所留碍③，遂大破之。

【注释】

①树机能：西晋时，西北鲜卑族的首领。

②被：同『披』。

③留碍：阻碍，障碍。

【译文】

马隆讨伐树机能。树机能的兵勇猛强悍，都穿着铁质铠甲。马隆在敌兵可能行进的道路两边堆放磁石，敌兵通过这里时不能前进。而马隆的兵卒全部披犀牛皮制作的铠甲，所以没阻碍，于是把树机能的军队打得大败。

钱传瓘火烧吴船

吴越王镠遣其子传瓘[1]击吴。吴人拒之，战于狼山[2]。吴船乘风而进，传瓘引舟避之。既过，自后随之。吴回船与战，传瓘使顺风扬灰，吴人不能开目。及船舷相接，传瓘使散沙于己船，而散豆于吴船。豆为战血所渍，吴人践之皆僵仆[3]。因纵火焚吴船，吴兵大败。

【注释】

①传瓘（guàn）：五代时吴越文穆王钱元瓘。初名传瓘，字明宝，自幼从军，长于抚驭，立功甚多，军民附之。长兴三年（932年），嗣国王位，蠲免租税，以苏民力。

②狼山：今江苏省南通市南。

③僵仆：仆倒。

【译文】

吴赵王钱镠，派他的儿子钱传瓘去袭击吴军。吴军对此奋起抵抗，在狼山交战。吴军的战船乘风而进，钱传瓘指挥自己的船避开，等到吴军战船已经开过去了，钱传瓘却率领船队尾随其后。吴军拨回船头与传瓘战，钱传瓘命令兵士顺风扬灰，吴兵睁不开眼睛。等到两军的船舷相接时，钱传瓘命令在自己的船上撒沙子，而在吴军战船上撒豆子。豆子被战血所浸染，吴军踩上都像僵尸一样仆倒在船板上。钱传瓘这时又命令放火烧吴军战船，吴军大败。

杨璇智战众贼寇

杨璇[1]为零陵太守。时苍梧、桂阳贼相聚攻郡县，贼众多而璇力弱，吏忧恐。璇乃特制马车数十乘，以排囊[2]盛石灰于车上，系布索于马尾，又为兵车，专彀[3]弓弩。克期会战，乃令马车居前，顺风鼓灰。贼不得视，因以火烧布，布燃马惊，奔突贼阵，后车弓弩乱发，钲鼓[4]鸣震，群盗骇散，追逐伤斩无数，枭其渠帅[5]，郡境以清。

【注释】

①杨璇：字机平，东汉会稽（治今会稽山在今绍兴，郡治所在今苏州）人，举孝廉，灵帝时为零陵太守，以平苍梧、桂阳盗贼立功，三迁为渤海太守，所在有异政，以事免。

②排（bài）囊：草制的大袋。

③彀（gòu）：使劲张弓。

④钲（zhēng）鼓：古代的一种铜制的打击乐器，在行军时敲打。

⑤枭（xiāo）：悬头示众。渠帅：首领。

【译文】

东汉杨璇任零陵太守的时候，苍梧、桂阳的贼寇互相勾结攻打郡县。贼寇众多而杨璇力弱，官吏们担忧害怕。杨璇就制造马车数十乘，用可以排气的口袋盛上石灰放在车上，用布条子系在马尾巴上，又作为兵车，专门张满弓弩。到了规定的日期会战，就命令马车行驶在队伍前面，顺风扬灰，贼寇双眼什么也看不清。又用火烧马尾上的布条，布条燃烧使马受惊，奔驰冲入敌阵。后面车上弓弩乱发，战鼓震耳轰鸣，群盗惊骇溃散，杨璇军追上去杀伤贼寇无数，将他们的主帅斩首，从此郡境以内才得太平。

晁错献计制胡夷

匈奴数苦边。晁错上言兵事曰：『臣闻用兵临战，合刃之急有三：一曰得地形，二曰卒服习①，三曰器用利。故兵法：「器械不利，以其卒予敌也；卒不可用，以其将予敌也；将不知兵，以其主予敌也；君不择将，以其国予敌也」，四者兵之至要也。臣又闻以蛮人攻蛮，是中国之形也。今匈奴地形技艺与中国异，上下山阪，出入溪涧，中国之马弗与也；险道倾仄，且驰且射，中国之骑弗与也；风雨罢劳，饥渴不困，中国之人弗与也——此匈奴之长技也。若夫平原易地，轻车突骑，则匈奴之众易挠乱也；劲弩长戟，射疏及远，长短相杂，游弩往来，什伍俱前，则匈奴之兵弗能当也；材官驺发②，矢道同的，则匈奴之革笥木荐③弗能支也；下马地斗，剑戟相接，去就相薄，则匈奴之足弗能给也——此中国之长技也。以此观之，匈奴之长技三，中国之长技五。帝王之道，出于万全。今降胡义渠④来归者数千，长技与匈奴同，可赐之坚甲利兵，益以边郡之良骑，平地通道，则以轻车材官制之，两军相为表里，此万全之术也。』错又上言：『胡貉⑤之人，其性耐寒；扬粤之人，其性耐暑。秦之戍卒，不耐水土，见行如往弃市。陈胜先倡，天下从之者，秦以威劫而行之之敝也。不如选常居者为室庐、具田器，以便为城堑丘邑，募民免罪拜爵，复其家，予衣廪⑥，胡人入驱而能止所驱者，以其半予之。如是则邑里相救助，赴胡不避死，非以德上也，欲生亲戚而利其财也。此与东方之戍卒，不习地势而心畏胡者，功相万也。』上从其言，募民徙塞下。

【梦龙评】万世制虏之策，无能出其范围。

【注释】

①服习：练习武艺。

②材官：西汉时，根据地方特点训练各个兵种，内郡平原及山阻地区训练步卒。驺（zōu）：通『骤』。

③革笥（sì）：一种皮革制成的甲胄。木荐：一种形似盾牌的木质防御武器。

④义渠：古族名，西戎之一。

⑤胡貉（hé）：北方的匈奴人。

⑥廪（lǐn）：米仓，这里指粮食。

【译文】

西汉时匈奴屡次侵扰边境。晁错上书谈论军事策略，他说：『臣听说用兵打仗、两军交锋，最要紧的是三点：一是占得地利优势；二是士兵受过训练，习惯作战；三是武器装备精良。所以兵法上说：「武器装备不精良，等于把士兵送给敌人；士兵训练不够，等于是把将领送给敌人；将领不懂用兵之道，等于是把国君送给敌人；国君不能慎选大将，等于是把国家送给敌人。」这四种情形是军事上最重要的。臣又听说用蛮夷攻打蛮夷，是中国的趋势。现在匈奴的地理形势、战斗技巧和中国不同：上山下坡，渡河涉溪，中国的马比不上匈奴；在危险的道路上，一面骑马一面射箭，中国的骑兵比不上匈奴；顶风冒雨、吃苦耐劳，中国的士兵比不上匈奴，这些都是匈奴兵的长处。在平原上用轻便的战车和骑兵冲杀，那么匈奴部队就容易混乱；用劲弩和长戟攻击远处目标，或者远程、近身武器互相配合掩护部队推进，那么匈奴兵就不能抵挡；

弓弩齐发、射击精确，那么匈奴的铠甲盾牌就很难阻挡；下马到地面用剑戟格斗，近身肉搏，那么匈奴兵脚下就不够灵活了，这些都是中国兵的长处。由此看来，匈奴的长处有三项，中国兵的长处有五项。帝王处理事务，要追求万全。现在我们收服了义渠，他们投降的有好几千人，他们的长处和匈奴兵一样，不妨赐给他们坚硬的盔甲、锐利的武器，再加上边境骁勇的骑兵，在平原大路就用轻便的战车和弓弩手控制，两军互相配合，这就是赢得战争的万全之计。』晁错又上书说：『北方匈奴的人能耐寒冷，中国东南部的人能耐暑热。秦国戍守边境的士卒，大多水土不服，所以都把戍守边境看成上刑场。陈胜率先起义，天下人能纷纷响应，正是秦朝靠武力强迫士兵戍守远方的恶果。不如在边境挑选当地常住的人，提供住房、农具，让他们建造城池和防御工事，也可以让有罪的免罪，无罪的封爵，让他们安家，再赐给衣食，遇到胡人入境抢掠，凡能阻止胡人掠夺的，就把追回的一半财产送给他。这样，各乡里的百姓就能相互救助，抵御胡人侵犯必然舍生忘死，不是为了报效皇上，而是为了保全自己的身家性命，并获得财物。这和秦朝时候征调关东士兵防守，由于不熟悉地理环境而对胡人心生畏惧相比，功效相差万倍。』皇帝采纳了晁错的建议，招募百姓住到边境。

【梦龙评】此后千秋万代制服胡虏的策略，没有能超越这个范围的。

王文伯献平边策

周世宗[1]时，拾遗王朴[2]献平边策[3]，略云：『攻取之道，从易者始。当今唯吴易图，东至海，南至江，可挠之地两千里。从少备处先挠之，备东则挠其西，备西则挠其东，彼奔走以救弊。则奔走之间，我可窥其虚实，避实击虚，所向无前，则江北诸州举矣。既得江北，用彼之民，扬我之兵，江南亦不难下也。江南下，而桂、广、岷、蜀，可飞书召之矣。吴、蜀既平，幽必望风而至，唯并为必死之寇，必须强兵力攻，然不足为边患也。』世宗奇之，未及试。其后宋兴，卒如其策。

【注释】

①周世宗：五代后周世宗，本为周太祖郭威养子，即位后励精图治，威震四邻。

②王朴：少举进士，明敏多才智，通阴阳律历。入宋后官终枢密使。进《平边策》时为比部郎中，非拾遗。

③平边策：周世宗时，宇内割据政权有南唐、吴越、后蜀、北汉、南汉、荆南、楚，另外契丹还有幽燕大片土地。此言平边，即消除这些政权。

【译文】

后周世宗时，拾遗王朴向世宗提出平定边疆的计策，内容大意是：『攻取的基本原则是，从容易攻打的地方着手。当今只有吴国最容易攻取，它东边到海，南边至江，可攻打的地方有两千里。从吴国防备最薄弱的地方开始进攻，他们防备东方，我们就去进攻西方；他们守备西方，我们就再去进攻东方，他们一定会奔走救援薄弱之处。在他们奔走之间，我们就能看出他们的虚实，然后我们就可以避实击虚，所向无敌，那么长江北岸的各州就可以占领了。夺得江北之后，就利用江北的百姓充实我们的军队，那么江南也就不难取得了。江南一旦到手，广西、广东、云南、四川等地，就可以传递书信招降了。既然吴、蜀已被平定，那么幽燕地方也一定闻风归附，只有并州的贼寇，是拼死也不会归附的，必须足够的兵力去攻取，但也不足以构成边患。』周世宗对这个建议颇为赞赏，可惜还来不及照这个策论去做就病死了。之后宋朝兴起，宋朝的君主就是按此计策行事。

巾帼智囊

贤哲卷二十五

【导读】

本卷收集了古代贤慧女子的故事。贤哲，即贤惠，明达事理。明太祖高皇后救秀才之命，战国时的赵威后懂得尊贤之道，南北朝时的刘娥以国家大政为重救敢谏的廷尉陈天达，皆能见大。唐朝崔敬的小女儿为解父亲危难自愿嫁给长史吉懋之子，李络秀为了家族的兴旺嫁给周浚为妾，皆能为家庭长远利益着想。李邦彦母训子，房景伯母教子行教化，乐羊子妻成夫之德、助夫成名，陶侃母、李畬母以清廉训子，王孙贾母以忠义教子，皆深明大义。陈婴母教子避祸，严延年母预见其子不得善终，李新声劝张谷为全身计，侯敏妻董氏助夫免灾，皆眼光敏锐，深谋远虑。陈子仲妻劝夫保全性命于乱世，黄霸妻以清节励夫，皆品行高洁。何无忌母为其子与刘裕共谋而喜，王皀母见房玄龄与其子游玩知其子必贵，辛宪英预知钟会之叛而教子免祸，赵括母劝赵王勿以其子为将，皆善于识人。张说女见其父指床蜴龟而知『舅得詹事』，可谓敏悟；李文于危急关头设计救弟，可谓善权变；王蕤公孙女一言而使陈执中助舅成名，而谓善辩。如此种种，皆可见女子之贤哲。

【原文】

匪贤则愚，唯哲斯肖。嗟彼迷阳①，假途闺教②。集《贤哲》。

【注释】

①迷阳：此处指头脑糊涂的男人。

②闺教：此处指闺房中的妻子对丈夫的指教。

【译文】

不是贤惠便是愚昧，唯有聪明才能模仿；可叹世上糊涂男儿，从巾帼中可得指教。所以，辑有《贤哲》一卷。

明太祖发行纸币

高皇帝初造宝钞，屡不成，梦人告曰：『欲钞成，须取秀才心肝为之。』觉而思曰：『岂欲我杀士耶？』马皇后[①]启曰：『以妾观之，秀才们所作文章，即心肝也。』上悦，即上本监取进呈文字用之，钞遂成。

【注释】

①马皇后：元末宿州人，马公女。母早亡，马公素善郭子兴，以后托之。马公卒，子兴育如己女。子兴奇太祖，以女归焉。

【译文】

高皇帝朱元璋在首次制造宝钞时，多次失败。一天晚上他梦见有人告诉他说：『要想造成宝钞，必须挖取秀才心肝。』睡醒以后他暗自说道：『难道这是让我要诛杀士人吗？』马皇后听到后便规劝他说：『依我看来，秀才们所做的文章，就是他们的心肝。』高皇帝听后大悦，立即派人在国子监取来很多文章，经过选用，宝钞果然做成。

赵威后诘问齐使

齐王使使者问赵威后①，书未发②，威后问使者曰：『岁亦无恙耶？民亦无恙耶？王亦无恙耶？』使者不悦，曰：『臣奉使使威后，今不问王而先问岁问民，岂先贱而后尊贵者乎？』威后曰：『不然。苟无岁，何有民？苟无民，何有君？有舍本而问末者耶？』乃进而问之曰：『齐有处士钟离子，无恙耶？是其为人也，有粮者亦食③，无粮者亦食；有衣者亦衣，无衣者亦衣，是助王养其民者也，何以至今不业也？叶阳子无恙乎？是其为人，哀鳏寡，恤④孤独，振困穷，补不足，是助王息其民者也，何以至今不业也？北宫之女婴儿子无恙耶？撤其环瑱⑤，至老不嫁，以养父母，是皆率民而出于孝情者也，胡为至今不朝也？此二士不业、一女不朝，何以王齐国、子⑥万民乎？于陵子仲⑦尚存乎？是其为人也，上不臣于王，下不治其家，中不索交诸侯，此率民而出于无用者，何为至今不杀乎？』

【注释】

①赵威后：即触龙说赵太后之赵威后，惠文王之后。

②书未发：未发其封识。

③食：给予食物。下之『衣』字亦同此例。

④恤（xù）：通『恤』，救济，抚养。

⑤瑱（zhèn）：古人冠冕上垂在两侧用以塞耳的玉。

⑥子：爱，爱民如子。

⑦于陵子仲：于陵为齐邑名，治所今山东省长山县西南；子仲，齐国的隐士。

【译文】

齐王派遣使者去看望赵威后，信还未拆封，威后就向齐国的使者问道：『贵国的收成好吗？人民还好吧？齐王也好吧？』使者听后很不满意，说：『我奉齐王之命专程来看望您，现在您不先问齐王，而先问年景如何百姓如何，这不是先卑贱而后尊贵，把尊卑搞颠倒了吗？』威后说：『不对，如果国家颗粒不收，百姓怎么会存在？如果没有老百姓，哪里还有国君呢？怎么能认为我是舍去根本而问细枝末节呢？』威后又进而问使者：『齐国有个叫钟离子的隐士，他好吗？这个人为人行事，对有粮吃的给予食物，对于没有粮吃的他也给予食物；对有衣服穿的他送给穿的，对没有衣服穿的他也送给穿的，这是在帮助齐王抚养他的百姓，为什么到现在他还不在官位？叶阳子也很好吧？这个人为人行事，哀怜那些丧妻丧夫的人，抚恤那些失去父母或没有子女的人，他救济贫困穷苦的百姓，补助他们衣食的不足，这是帮助齐王的百姓休养生息，为什么这个人也至今不在官位呢？北宫氏的女儿婴儿子也好吧？她摘掉自己的首饰，到老不嫁，来奉养父母，这样做是引导百姓一心向孝，为什么至今不召她入朝为命妇呢？这样的两个贤士没有任职，一个孝女没有受封，齐王如何能统治齐国，做万民的父母呢？于陵子仲还在吗？这个人，对上不尊王称臣，对下不治理其家，对中不结交诸侯，这是个引导百姓无所作为的人，为什么至今还不杀掉他呢？』

公主同情番将妻

肃宗宴于宫中，女优弄假戏，有绿衣秉简为参军者①。天宝末，番将阿布思伏法②，其妻配掖庭③，善为优，因隶乐工，遂令为参军之戏。公主④谏曰：『禁中妓女不少，何须此人？使阿布思真逆人耶，其妻亦同刑人，不合近至尊之座；若果冤横，又岂忍使其妻与群优杂处，为笑谑之具哉！妾虽至愚，深以为不可。』上亦悯恻，遂罢戏而免阿布思之妻，由是咸重⑤公主。公主，即柳晟⑥母也。

【注释】

①有绿衣秉简为参军者：唐代的参军戏是一种滑稽表演，其中参军的角色穿绿衣、持牙简。

②阿布思伏法：阿布思，突厥人，为唐番将，被杨国忠、安禄山诬陷冤死。

③配掖庭：配入宫中为奴。

【译文】

唐肃宗在宫中宴欢，女优伶们装扮各种角色演戏。有个女子身穿绿衣、手持牙简扮演参军。天宝末年，番将阿布思被斩，他的妻子入宫为奴，因为这个女子善于演戏，因而被分配当乐工，于是常常让她扮演参军的戏。公主对皇上进谏说：『皇宫中伎女不少，为什么非得要这个人？如果阿布思果真是有罪的人，他的妻子也应该是同刑之人，不应该让她靠近皇上的宝座！如果阿布思是冤枉的，又怎么忍心让他的妻子与一群优伶相处，做逗人发笑的材料呢？我虽然很愚笨，但深深感到这样做不妥当。』皇上也对阿布思之妻有恻隐怜悯之心，于是命令戏停演，免去了阿布思之妻做乐工。从此宫中都很敬重公主。这位公主，就是柳晟的母亲。

崔氏教育迕逆子

房景伯①为清河太守，有民母讼子不孝。景伯母崔氏曰：『民未知礼，何足深责？』召其母，与之对榻共食，使其子侍立堂下，观景伯供食。未旬日，悔过求还。崔曰：『此虽面惭，其心未也，且置之。』凡二旬余，其子叩头出血，母涕泣乞还，然后听之，卒以孝闻。

【梦龙评】此即张翼德示马孟起以礼之智②。

【注释】

①房景伯：北魏时人，少以孝闻。官至司空长史，以母疾去官。

②张翼德示马孟起以礼——见卷一『张飞』条。

【译文】

北魏房景伯做清河太守时，有个民间的老妇人投诉，告儿子不孝敬她。房景伯的母亲崔氏说：『百姓不知道礼仪，不用责备太多。』于是崔氏唤来不孝子的母亲，同她对榻一起吃饭，让老妇人的儿子在堂下侍立，看着房景伯给这两位母亲端食物。就这样还不到十天，不孝子懊悔自己的过错了，请求母亲回家。崔氏说：『这只不过是表面上感到惭愧，他心里还没有悔改，姑且别管他。』又过了二十多天，不孝子叩头磕出血来，他的母亲哭泣着请求回家，崔氏这才放他们母子回去。后来听说，这个不孝子终于因孝顺而闻名。

【梦龙评】这就是三国蜀将张飞提醒马超要以礼事君的智慧。

乐羊子妻义气节

乐羊子尝于行路拾遗金一饼，还以语妻。妻曰：『志士不饮盗泉，廉士不食嗟来，况拾遗金乎？』羊子大惭，即捐之野。

乐羊子游学，一年而归。妻问故，羊子曰：『久客怀思耳。』妻乃引刀趋机而言曰：『此织自一丝而累寸，寸而累丈，丈而累匹。今若断斯机①，则前功尽捐矣。学废半途，何以异是！』羊子感其言，还卒业，七年不返。

乐羊子游学，其妻勤作以养姑②。尝有他舍鸡谬③入园，姑杀而烹之。妻对鸡不餐而泣。姑怪问故，对曰：『自伤居贫，不能备物，使食有他肉耳。』姑遂弃去不食。

【梦龙评】 返遗金，则妻为益友；卒业，则妻为严师；谕姑于道，成夫之德，则妻又为大贤孝妇。

【注释】

①机：织机。

②姑：指婆婆。

③谬：误。

【译文】

乐羊子曾在路边捡到一锭金子，回家后把这件事告诉了妻子。妻子说：『有志节的人不喝盗泉的水，廉洁的人不吃带有侮辱性的施舍食物，更何况是捡人遗失的金子呢？』乐羊子听了大为惭愧，立即把金子扔了。

乐羊子离家求学，一年后回到家，妻子问他为何回家，乐羊子说：『久居乡心中想家，所以就回来了。』妻子拿着刀走到织布机旁，对乐羊子说：『这匹绢是由一丝一线累成一寸，一寸一寸积累成丈、成匹，现在若是剪断它，那么就前功尽弃了。现在你求学半途而废，和这有什么区别？』乐羊子对妻子这番话深有感触，于是回去完成学业，其间七年不曾回家。

乐羊子离家求学期间，妻子辛勤持家，照顾婆婆。有一次，邻家所养的鸡误入乐羊子的园中，婆婆便抓来煮了吃。到吃饭时，乐羊子妻不吃饭却一个劲地哭。婆婆感到奇怪，问她原因，乐羊子妻说：『我是难过家里太穷，各种所需不能齐备，以至于食物中有别家的肉。』婆婆听了大感惭愧，就把鸡丢弃不吃了。

【梦龙评】劝丈夫返还别人遗失的金子，乐羊子妻可说是益友；督促丈夫坚持完成学业，乐羊子妻可说是严师；用道理晓谕婆婆，成全丈夫的名声，乐羊子妻更是大贤的孝妇了。

红颜成就孙太学

嘉靖间，娄东有孙太学者，与妓某善，誓相嫁娶，为之倾赀①。无何②孙丧妇，家益贫落，亲友因唆讼妓。妓闻之，以计致孙饮食之，与申前约，以身委焉。孙故不善治产，妓所携簪珥，不久复费尽。妓日夜勤辟纑以奉之，饘③粥而已。如是十余年，孙益老成悔过，选期已及，自伤无赀，中夜泣。妓审其诚，于日坐辟绩处，使孙穴④地得千金，皆妓所阴埋也。孙以此其选县尉，迁按察司经历⑤。宦橐⑥稍润，妓遂劝孙乞休归，享小康终其身。

【梦龙评】既成就孙，而身亦得所归，可谓两利；所难者，十余年坚忍耳。

【注释】

①赀（zī）：『资』的异体字，指财物、费用。

②无何：不料，没想到。

③饘（zhān）：很浓的粥。

④穴：挖。

⑤经历：官职，职掌为出纳文书。

⑥橐（tuó）：袋子，当官赚的钱。

【译文】

明朝嘉靖年间，娄江地方有个叫孙太学的人，他与一个妓女是老相好，两人立下非卿不娶、非君不嫁的誓言，孙太学为了她用尽所有的财产。

不久，孙太学的元配去世，孙家的家道更加衰落，生活十分困难。亲友们于是教唆孙太学具状控告妓女。妓女听说这件事后，就派人照料孙太学的起居，并提醒他两人曾有的盟约，愿意嫁他为妻。

孙太学本是个不善理财的人，不久便把妓女陪嫁过来的玉簪、珠宝都散尽花完。妓女日夜辛勤地纺织，操持家务，也仅够糊口而已。

这样一晃便是十多年，孙太学年龄大了，开始后悔年轻时的荒唐浪荡，眼看又到大比之年，想到没有盘缠赴京应考，不禁伤心落泪。

妓女发觉孙太学是真心想上进求功名，就让孙太学在她平日织布的地方向下挖，结果挖出一千多两黄金。

这都是妓女悄悄积攒的。

孙太学终于如愿上京赶考，放榜后被任命为县尉，后来调升为按察司经历，生活比以前改善许多。于是妓女劝孙太学辞官回家，安享余年。

【梦龙评】妓女既成就孙太学，也为自己觅得一个好归宿，可说是相互得利。所难的是，她竟能熬得住这十多年！

王孙贾母激儿报国

齐湣王失国①，王孙贾从王，失王之处。其母曰：『汝朝出而晚来，则吾倚门而望。汝暮出而不还，则吾倚闾而望。汝今事王，不知王处，汝尚何归？』贾乃入市呼曰：『从我者左袒②！』从者三百人，相与攻杀淖齿，求王子奉之，卒复齐国。

【梦龙评】不杀淖齿，则乐毅之势不孤，而兴复难以措手，非但仇不共戴天已也。张伯起作《灌园记》传奇③，只谱私欢，而于王孙母子忠义不录，大失轻重，余已为改正矣。

【注释】

①齐湣王失国：燕昭王以乐毅为上将军，率燕、秦、三晋之师伐齐。败齐于济西，遂遣还秦、韩之师，分魏、赵略宋及河间地，而亲率燕师长驱入齐，破临淄。齐湣王出奔卫、邹、鲁诸国，均不纳，遂人莒。楚王遣淖齿将兵救齐，因为齐相。淖齿欲与燕分齐地，乃执湣王而杀之。

②从我者左袒：应作『右袒』。因后人以周勃诛诸吕，谓从我者左袒，『左袒』遂成为赞同而助之代词，

此处遂误用之。

③张伯起作《灌园记》传奇：张凤翼，字伯起，明人，作《灌园记》，一《新灌园》。演齐湣王太子法章与莒太史敫之女相恋事，大旨谓推食赠衣，君王后（太史敫之女）识英雄于困顿之时。

【译文】

湣王丧失了齐国，王孙贾本来跟随着齐湣王，却跟掉了，不知齐湣王的去处。王孙贾的母亲说："你早上出去，晚上回来，我便倚着家门盼望你。你傍晚出去了不回来，我便倚着里巷的门盼望着你。你如今侍奉大王却不知道大王的去处，你还为什么回来呢？"王孙贾于是到集市里呼喊道："谁跟从我谁就露出左臂来！"跟从他的人有三百个，他们一起去攻击杀掉淖齿，找到齐湣王的儿子后辅佐他，后来终于恢复了齐国。

【梦龙评】不杀淖齿，乐毅的势力就不会孤单，那么复兴大业难于着手进行，就不仅是仇恨不共戴天了。张伯起著有《灌园记》传奇，只记叙了湣王之子的男女情爱，而对王孙贾母子的忠义事迹却没有记载，使事情的主次大为失当，对此我已为他改正了。

伯宗妻劝夫谨慎

晋伯宗①朝，以喜归，其妻曰："子貌有喜，何也？"曰："吾言于朝，诸大夫皆谓我智似阳子阳处父②。"对曰："阳子华而不实，主言而无谋，是以难及其身，子何喜焉？"伯宗曰："我饮③诸大夫酒而与之语，尔试听之。"曰："诺。"其妻曰："诸大夫莫子若也；然而民不能戴④其上久矣，难必及子，盍亟⑤索士，憖赖也⑥。庇州犁焉？』得毕阳，后诸大夫害伯宗，毕阳实送州犁于荆。初，伯宗每朝，其妻必戒之曰：『盗憎主人，民怨其上。子好直言，必及于难。』

【注释】

①伯宗：春秋时晋国大夫。贤而好以直辩凌人。

②阳子：阳处父，晋国大夫，性刚强，因而得罪了不少人，后终被晋大夫狐射姑之弟刺死。

③饮：与……饮宴。

④戴：尊奉。

⑤盍亟（héjí）：何不赶快。

⑥憖（yìn）：愿，宁。

【译文】

晋国大夫伯宗上朝以后，曾很高兴地回到家中。他的妻子向他问道：『你的表情好像很高兴，这是什么原因？』伯宗说：『我在朝堂发言以后大夫都认为我的智慧和阳子十分相似。』其妻又说：『阳子此人华而不实，说话武断而没有谋略，所以他最后只有大难临头，你又有什么可高兴的呢？』伯宗说：『我当即邀请诸大夫前来饮酒，并同他们谈论，你在一旁静听，行吗？』其妻说：『行。』其妻接着又说：『诸大夫都比不上你，但是百姓们却不能长久地拥戴国君，你将大难临头。何不立即寻找一位愿意庇护州犁的士人呢？』于是便得到了毕阳。后来诸大夫们都谮害伯宗，毕阳实将州犁送入荆地。当初伯宗每次上朝之时，其妻都必定要告诫他说：『盗贼们都憎恨主人，百姓们都怨恨他们的上司，你喜欢直来直去，必定要大祸临头的。』

新声劝谷与刘断

李新声者，邯郸李岩女。太和①中，张谷纳为家妓，长而有宠。刘从谏②袭父封，谷以穷游佐其事。新声谓谷曰：『前日天子授从谏节钺，非有拔城野战之功，特以先父挈齐还我③，去就间，未能夺其嗣耳。自刘氏奄有全赵④，更改岁时⑤，未尝以一履一蹄为天子寿。且章武朝数镇倾覆，彼皆雄才杰器，尚不能固天子恩，况从谏擢自儿女子手中耶！以不法而得，亦宜以不法而终。公不幸为其属，若不能早折其肘臂以作天子计，则宜脱旅西去⑥。大丈夫勿顾一饭恩⑦，以骨肉腥健儿衣食⑧。』言毕悲泣不已。谷不决，竟从逆死⑨。

【注释】

①太和：唐文宗李昂年号。

②刘从谏：昭义节度使刘悟之子。

③先父挈齐还我：指刘悟杀李师道，以郓、青等十二州（均在齐地）归朝廷事。我，指朝廷。

④奄有全赵：唐昭义军治相州（今河南安阳），领磁、邢、洺、贝、磁、卫等州，古赵地。

⑤更改岁时：指旧岁既过，迎来新岁。按制度，每至新岁，各地要向朝廷致贺纳献。

⑥脱旅西去：脱弃寄身之处而归朝廷。部长安在相州西。

⑦饭恩：偶然而轻易的恩惠。

⑧以骨肉腥健儿衣食：用自己的生命来给士兵们换衣食，指成为逆贼而为朝廷讨灭。

【译文】

李新声是邯郸李岩的女儿。唐文宗太和年间，张谷把李新声牧为家妓，她年长后很受张谷宠爱。刘从谏承袭父亲的职位，做昭义节度使，张谷因为别无出路而来辅佐刘从谏做事。李新声对张谷说：『前日天子授予刘从谏符节与斧钺，他并非有攻城野战的功劳，只不过因为他父亲带领齐地十二州归顺了朝廷，进退之间没能丧失他继承人的位置而已。自从刘氏占据全部赵国之地，每当辞旧岁迎新年时，不曾用一件物品向天子进贡致贺。而且唐宪宗时好几座城镇丧失，那些守城的将领都是雄才英杰，尚且不能巩固天子的恩宠，何况刘从谏的权力是做儿女辈的继承得来的。以合理法得来的东西，也会以不合理法而终结。您不幸成为刘从谏的下属，若您不能早早除去他的羽翼爪牙，从而为皇上削弱藩镇势力，加强中央集权进行谋划，那么就应该脱离这个寄身之处而向西归顺朝廷。大丈夫不能顾虑像一顿饭这样偶然而轻易的恩惠，就用自己的生命来给士兵们换衣食，自己成为逆贼而被朝廷讨伐消灭。』李新声说完，悲哭不已。张谷犹豫不决，最后追随刘从谏及其侄刘稹而落得全家被诛的下场。

娄妃劝朱勿反叛

宁藩将反，娄妃尝泣谏之，不听。既[1]就擒，槛[2]车北上，与监押官言往事即痛哭，且曰：『昔纣用妇言而亡天下，吾不用妇言而亡家国，悔恨何及！』

【梦龙评】仆固怀恩[3]之母劝其子勿反，谢综等赴东市，综母独不出视，皆能识大义者，与妃而三耳。

【注释】

①既：最终。

②槛：囚禁于囚车中。

③仆固怀恩：唐铁勒仆骨（固）部人，世袭都督。天宝中，历事节度王忠嗣、安思顺，皆以善战、通晓蕃情而著称。

【译文】

明宁王将要谋反时，娄妃曾经哭着劝阻他，他不听。明宁王被抓住之后，被关在囚车内向北方押解，他对监押官讲起往事就痛哭起来，并说：『昔日商纣王听信妇人的话而失去天下，现在我不听妇人的话却失去国家，悔恨也来不及啊！』

【梦龙评】唐朝仆固怀恩的母亲劝阻他不要造反；南朝宋时谢综被绑赴东市斩首，谢母独不去看望。她们都是能深明大义的人，与娄妃合而为三。

屈原姊责其太直

屈原既放逐，其姊闻之，亦来归，责原矫世，喻令自宽，故其地名姊归县。《离骚》曰：『女媭之婵媛兮①，申申②其詈余。』楚人谓女曰媭。

【梦龙评】梁公委蛇，其姊讽之以方正。仁杰往候卢姨，欲为表弟求官。卢曰：『姨只一子，不欲其事女主。』仁杰大惭。屈平方正，其姊进之以委蛇。各具卓识，而姊之作用大矣。

【注释】

①女嬃（xū）：屈原之姊。（《说文》引贾逵曰：『楚人谓姊为嬃。』）

②申申：王逸注曰：『重也。』犹今言『狠狠地』。

【译文】

屈原被放逐后，他姐姐听说了，也来到归地，责怪屈原不应要匡正世俗，让他自己宽容大度。因此归地被称为姊归县。《离骚》中说：『贤姊姊声色严厉，责备我刺刺不休。』

【梦龙评】唐朝的狄仁杰为人随顺，他姐姐讽喻他要正直不阿（武则天当政时，狄仁杰去看望卢姨，想为表弟谋一官职。卢姨说：『我就这一个儿子，不希望他侍奉女皇。』狄仁杰大感惭愧）。屈原为人正直，他姐姐则劝诫他要随和安顺。她们各有卓越的见识，可见姐姐的作用太大了。

负羁妻劝夫结晋

晋公子重耳至曹①，曹共公闻其骈胁②，使浴而窥之。曹大夫僖负羁之妻曰：『吾观晋公子之从者皆足以相国，若以相，夫子必反③其国。反其国，必得志于诸侯。得志于诸侯而诛无礼，曹其首也④。子盍早自贰焉⑤？』乃馈盘餐，置璧焉⑥。公子受餐反璧。及重耳入曹⑦，令无入僖负羁之宫⑧。

【梦龙评】僖负羁始不能效郑叔詹之谏⑨，而私欢晋客。及晋报曹，又不能夫妻肉袒为曹君谢罪，盖庸人耳。独其妻能识人，能料事，有不可泯没者。

【注释】

①晋公子重耳至曹：晋献公宠骊姬，骊姬谗害诸公子，重耳时守蒲城，遂奔狄，处狄十二年，至卫。卫文公不礼之，至齐。又由齐至曹。

②骈胁：肋骨相近，犹若一块骨头。

③若以相，夫子必反其国：若晋国用重耳之从者为大臣，则重耳必反晋国为君。子，男子之美称。夫，音扶，指示词，犹言那。

④曹其首也：曹共公不礼于重耳，故重耳欲诛无礼，首当伐曹。

⑤自贰：示二心于重耳。

⑥乃馈盘餐，置璧焉：献璧，是纳交之意。然人臣无外交，故将璧藏于盘餐之中，以免令人发觉。

⑦及重耳入曹：重耳过曹，在鲁僖公二十二年（前638年），及鲁僖公二十四年，晋人迎重耳为君，是为晋文公。文公立五年，伐曹，破之，执曹共公。

⑧令无入僖负羁之宫：命令将士不许闯入僖负羁之家。

⑨郑叔詹之谏：郑，原作『卫』，误，据《左传》改。重耳过郑，郑文公不礼焉。大夫叔詹谏之，文公不听。详见《国语·晋语四》。

【译文】

晋国公子重耳来到曹国，曹共公听说重耳肋骨相近，犹如一块骨头，便让他去沐浴，而自己则去偷偷观看。曹国大夫僖负羁的妻子说：『我看晋国公子的随从都足以做国相，如果任用重耳的随从为相，则重耳必会返回晋国而成为国君。重耳成为国君，则必会在诸侯中称霸。称霸后要诛杀无礼者，首先会攻伐曹国。你何不早向重耳表示对曹国有二心呢？』于是，僖负羁送盘装的食物给重耳，把玉璧藏在盘子中献上。晋公子重耳接受了食物却把玉璧退回去。到重耳攻入曹国的时候，命令将士不许闯入僖负羁的家宅。

【梦龙评】僖负羁不能像郑国的叔詹一样对自己的君主进行劝谏，反而私下结交晋国贵族。等重耳报复曹国时，僖负羁又不能亲自为曹共公去谢罪，只是个庸人罢了。唯独他的妻子能识人，能料事，其能力也不该隐没不提。

妇人慧眼识韩信

韩信始为布衣时，贫无行，尝从人寄食，人多厌之。尝就南昌亭长食数月，亭长妻患之，乃晨炊蓐食，食时信往，不为具①食。信觉其意，竟绝去。信钓于城下，诸母漂，有一母见信饥，饭信，竟漂数十日。信喜，谓漂母曰：『吾必有以重报母！』母怒曰：『大丈夫不能自食②，吾哀王孙而进食，岂望报乎！』信既贵，酬以千金。

【梦龙评】刘季、陈平皆不得于其嫂，何亭长之妻足怪！如母厚德，未数数也。独怪楚、汉诸豪杰，无一人知信者，虽高祖亦不知，仅一萧相国，亦以与语故奇之，而母独识于邂逅憔悴③之中，真古今第一具眼矣！淮阴漂母祠有对云：『世间不少奇男子，千古从无此妇人。』亦佳，惜祠大隘陋，不能为母生色。

刘道真少时尝渔草泽，善歌啸，闻者莫不留连。有一老妪识其非常人，甚乐其歌啸，乃杀豚④进之。道真食豚尽，了不谢。妪见不饱，又进一豚，食半而去，后为吏部郎，妪儿时为小令史，道真超用之。不知其故，问母，母言之。此母亦何愧⑤漂母，而道真胸次胜淮阴数倍矣！

【注释】

①具：准备。

②自食（sì）自己养活自己。

③邂逅（xiè hòu）：偶尔相遇。憔悴（qiáo cuì）穷困潦倒。

④豚（tún）：小猪，也泛指猪。

⑤愧：逊色。

【译文】

韩信当初做平民时，贫困而没有德行，曾经依从于别人生活，人们大多讨厌他。韩信曾在南昌亭长处寄居了几个月，亭长的妻子厌烦他，于是早晨做了饭坐在草席上吃，这时韩信去了，亭长的妻子不给他拿吃的。韩信觉察出她的意思，终于断然离去，不再回来。韩信在城下垂钓，有些老妇人在水边漂洗衣物，有一个老妇人看到韩信饿了，就给韩信饭吃，这个老妇人后来又漂洗衣物几十天，天天供给韩信饭吃。韩信十分高兴，对洗衣的老妇人说：『我一定要重重地报答您！』老妇人生气地说道：『你是大丈夫却不能自食其力，我可怜公子才供你吃饭，哪里希望你报答呢！』韩信富贵以后，用一千金去酬报那个洗衣的老妇人。

【梦龙评】刘邦、陈平当年也都遭受过嫂嫂的白眼，所以亭长妻子对韩信的态度也就不足为怪了！像老妇人那样宽厚仁德的人，世上少有。唯独奇怪的是，楚汉众多的英雄豪杰，竟没有一个能了解韩信的人，即使是汉高祖也不了解。只有萧何也是因为和韩信谈了话才认为他是个奇才。而唯独老妇人河边偶遇饥饿憔悴的韩信，便能赏识他、帮助他，真可谓古今第一个独具慧眼的人！淮阴县漂母祠有副对联是：『世间不少奇男子，千古从无此妇人。』此联写得好，可惜那座祠堂太狭窄太简陋，不能为漂母增辉添彩。

刘道真年轻时，曾在野草丛生的水边捕鱼为生，他善于高声歌唱，听到歌声的人没有不流连忘返的。有一位老妇人知道他绝非普通人（独具慧眼），而且十分喜欢他的歌，就杀了一只小猪送给他吃。刘道真吃完猪肉，一点儿也不表示感谢（果然不是普通人）。老妇人见他没吃饱，又送给他一只猪，刘道真吃了一半就离去了。后来刘道真官至吏部侍郎，老妇人的儿子当时只是一名地方小官，刘道真便越级提拔他，妇人的儿子不知道其中的缘由，去问他母亲，母亲就把当年的事告诉了儿子。这妇人识人的眼光也不比漂母差，但刘道真的心胸却要超过韩信几倍了！

许允妻足智多谋

魏许允为吏部郎，选郡守多用其乡里，明帝遣虎贲收之。妇阮氏跣出，谓允曰：『明主可以理夺，难以情求。』既至，帝核问之，允对曰：『「举尔所知。」臣之乡人，臣所知也。陛下检校为称职与否，若不称职，臣受其罪。』既检校，皆得人，乃释允。及出为镇北将军也，喜谓其妇曰：『吾其免矣！』妇曰：『祸见于此，何免之有！』允与夏侯玄[1]、李丰[2]善，事未发而以他事见收，竟如妇言。允之收也，门生奔告其妇。妇坐机上，神色不变，曰：『早知尔耳。』门生欲藏其子，妇曰：『无预诸儿事。』乃移居墓所。大将军遣钟会视之，曰：『乃父便收。』儿以语母，母曰：『汝等虽佳，才具不多，率胸怀与会语，便自无忧。不须极哀，会止便止，不可数问朝事。』儿从之。大将军最为猜忌，二子卒免于祸者，母之谋也。

【注释】

①夏侯玄：字太初，三国魏人，与李丰等谋除司马师，释败，被杀。

②李丰：字安国、宣国，三国冯翊人，善鉴识人物，海内闻名。

【译文】

三国魏人许允在吏部任官选派郡守时，常任用同乡，明帝因此派人收押许允。

许允的妻子见丈夫被抓，光着脚跑来对许允说：『明理的君主应用道理说服他，但不可以向他求情。』

许允来到明帝面前时，明帝问他任用同乡的原因。

许允说：『皇帝曾要臣推举人才，臣的同乡都是臣所知的人才。皇帝只要核查他们的职位和能力是否相称，假如他们的能力不足以胜任职务，我愿接受责罚。』

明帝经过检试后，发觉每人都能胜任其职，便将许允释放了。

后来许允官运亨通，被任命为镇北将军。他很高兴地对妻子说：『今后我可以不再担心有祸事发生了！』

他妻子说：『我看祸事正因此产生，怎么说不会有祸事呢？』

当时许允与夏侯玄、李丰等人往来密切，想谋杀司马师，还未发兵，就受其他事件牵连下狱，果然如他妻子所断言。

许允被收押后，他的学生急忙赶来告诉他妻子。当时她坐在织布机前，神色从容地说：『我早知道会有这样的结果。』

学生们想将许允的儿子藏起来，许妻说：『不要先安排儿子们的事。』于是带着儿子搬到墓地去住。

大将军派钟会去探望他们，交代钟会说：『他们若提起父亲就擒下他们。』

儿子询问母亲该怎么办，他母亲说：『你们虽然乖巧，可是才识仍不足，只要坦率地与钟会交谈就会相安无事，不须表现出极度的悲伤，也不要询问钟会最近朝廷所发生的事。』

儿子们听从了母亲的话。

大将军疑心病重，许允的两个儿子能免遭祸害，完全是得益于母亲的智谋。

李衡妻替夫谋划

丹阳太守李衡[①]，数以事侵琅琊王[②]。其妻习氏谏之，不听。及琅琊即位，衡忧惧不知所出。妻曰：『王素好善慕名，方欲自显于天下，终不以私嫌杀君明矣。君宜自囚诣狱，表列前失，明求受罪，如此当逆见优饶，非止活也。』衡从之。吴主诏曰：『丹阳太守李衡以往事之嫌，自拘司狱[③]，其遣衡还郡。』

【注释】

①李衡：三国时吴人，为诸葛恪司马，恪被诛，求为丹阳太守。

②琅琊王：孙休，孙权少子，封琅琊王，居丹阳。258年，孙琳废吴主孙亮为会稽王，立孙休为帝，是为吴景帝；立八年，死。

③司狱：为『司败』之误。司败，即司寇也。

【译文】

三国时期，吴国的丹阳太守李衡屡次为一些事与琅琊王发生冲突，他的妻子习氏劝说他，他不听。后来琅琊王即帝位，李衡又担心又害怕，不知如何是好，习氏说：『琅琊王一向喜好行善，看重名声，现在他正想向天下显扬自己的美名，不会因为私人的仇怨而杀你，这是很显然的。你最好自动绑缚请罪入狱，上表列举你以前的过失，公开请求接受惩处，这么一来，不但能保全一命，还有可能转祸为福。』李衡听从了妻子的建议。吴王果然下诏说：『丹阳太守李衡因为以往的过错，自己请罪入狱，现在还是派李衡回丹阳做太守吧。』

张女机灵悟父意

张说女嫁卢氏。女尝为其舅求官，说不语，但指搘床龟示之。归告其夫曰：『舅得詹事①矣！』

【注释】

①詹事：官名，掌管东宫诸事务。詹事与『占事』（占卜）谐音。

【译文】

唐朝大臣张说（字道济，一字说之，玄宗时为中书令，封燕国公）的女儿嫁给了卢氏。张说的女儿为公爹乞求官职，张说不说话，只指着支撑床腿的乌龟给女儿看。女儿回家告诉丈夫说：『公爹得到詹事（古人以龟甲占卜，『詹事』与『占事』谐音）的职位了！』

湖州官妓解人忧

湖守[①]饮饯，客有献木瓜，所未尝有也，传以示客。有中使[②]即袖归曰：『禁中未曾有，宜进于上。』顷之解舟而去。郡守惧得罪，不乐，欲撤饮。官妓作酒纠[③]者立白守曰：『请郎中尽饮。某度木瓜经宿，必委中流也！』守征其说，曰：『此物芳脆，初因递观，手掐必损，何能入献？』会送使者还，云：『果溃烂弃之矣！』守因召妓，厚赍之。

【梦龙评】谚云：『智妇胜男。』即不胜，亦无不及。吾于赵威后诸人得『见大』焉，于崔敬女、络秀诸人得『远犹』焉，于柳氏婢得『通简』焉，于侯敏、许允、宰宪英妇得『游刃』焉，于叔向母、伯宗妻得『知微』焉，于李新声、潘炎妻等得『亿中』焉，于王陵、赵括、柴克宏诸母得『识断』焉，于屈原姊、娄江妓得『委蛇』焉，于王佐妾得『谬数』焉，于李文姬得『权奇』焉，于陶侃母得『灵变』焉，于张说女得『敏悟』焉，所以经国祚家[④]、相夫勖子[⑤]，其效亦可睹已！

【注释】

①湖守：湖州刺史。

②中使：宦官充使者者。

③酒纠：酒宴中掌行酒令者，亦称酒录事。

④经国祚家：管理国家，赐福家族。

⑤相夫勖子：协助丈夫，勉励儿子。

【译文】

湖州刺史设宴饯行，客人中有献木瓜的，是当地不曾有过的，刺史便把木瓜遍传给众宾客观看。有个使者是宦官，看后立即把木瓜放入衣袖中要带回去，说：『皇宫中不曾有这东西，应该进献给皇上。』不久，这个中史解开船离去。湖州郡守害怕因此获罪，很不高兴，要撤掉酒宴。有个掌行酒令的官伎站在帝边对郡守说：『请您尽情饮酒。我想那木瓜经一宿，必然被抛到水里去了！』郡守问她为什么，她说：『这木瓜芳嫩脆弱，开始由于众人传着看，手掐木瓜必然破损，怎么还能进献给皇上？』适逢送中使的人回来了，说：『木瓜果，已经溃烂被扔掉了！』郡守于是叫来那个官伎，给予她重赏。

【梦龙评】俗话说：『智妇胜男』，就算不胜也不是赶不上。我从赵威后诸人得『见大』之智，从崔敬女、络秀诸人得『远犹』之智，从柳仲郢婢得『通简』之智，从侯敏妻、许允妻、辛宪英得『游刃』之智，从叔向母、伯宗妻得『知微』之智，从屈原姊、娄江妓得『委蛇』之智，从王佐妾得『谬数』之智，从李文姬得『权奇』之智，从陶侃母得『灵变』之智，从张说女得『敏悟』之智。

不论治国齐家，相夫教子，这些智妇的事迹都有目共睹。

雄略卷二十六

【导读】

本篇收集了古代富雄才大略之奇女子的故事。雄略，即雄才大略。如君王后椎碎玉环，齐姜氏设法将重耳载回晋国；司马懿之妻杀死有可能泄露秘密、破坏其夫大事的婢女，宋太祖之姊以杖赶宋太祖，皆能识善断，行事之果决甚至超过一般男子。李克用之妻刘氏劝夫收兵回镇、声朱温之罪，刘智远夫人李氏劝夫以军中所有劳军而不扰百姓，孟昶妻以资财助夫举事，邓曼向楚王解剖事理，皆明了是非。高凉冼氏助夫治政，率奇兵袭击叛军，载诏书而招慰亡叛，智勇双全，不愧为女中大将。唐平阳昭公主招兵略地，与夫君对置幕府，可称为女中英杰。木兰代父从军，于边关征战十二年；保宁韩氏女易装从戎，往返征途七年，皆是女中战士。蓝姐以烛泪污盗背而捉盗、崔简妻呼滕王为家奴而免辱、邑宰妾以金银牵逻者而脱其夫、邹仆妻假称良家子遭俘掠麻痹盗贼之心而得以为夫复仇，皆能临机应变。白瑾妻代夫平乱捉贼，俨然良宰；朱序母率婢筑城，可比守将。李寄斩蛇，胆量非凡；谢小娥报父仇，坚忍无比。如此种种，皆可见女子之雄才大略。

【原文】

士或巾帼，女或弁冕①。行不逾阈②，谟③能致远。睹彼英英，惭余谫谫④。集《雄略》。

【注释】

①弁（biàn）冕：成年男子加冠，代指男子。

②阈（yù）：门槛。

③谟（mó）：通『无』。

④谫谫（jiǎn jiǎn）：浅薄的样子。

【译文】

男子也有妇人样的，女子也有男人样的；虽说从来不出门，智谋所及却很远。看看那些出色女子的才情，实在惭愧我的浅陋。这一卷都是关于那些堪比男性的智慧女性的故事，名为《雄略》。

襄王知解智慧环

秦王使人献玉连环于君王后[1]，曰：『齐人多智，能解此环乎？』君王后取椎击碎之，谢使者曰：『已解之矣。』

【梦龙评】君王后识法章于佣奴之中，可谓具眼。其椎[2]碎连环，不受秦人戏侮，分明女中蔺相如矣。汉惠时，匈奴为书以谑吕后，耻莫大焉，而乃过自贬损，为好语以答之。平、勃皆在，无一君王后之智也，何哉？

【注释】

①秦王：秦昭王，公元前306—前250年在位。君王后：指齐襄王（前283—前265年在位）的王后，姓太史。

②椎（chuí）：击打工具。

【译文】

秦王派人向齐襄王的王后进献玉连环，说：『齐国人大多都很智慧，能解开这个玉连环吗？』齐襄王后拿锤子把玉连环击碎，告诉使者说：『已经解开了。』

【梦龙评】君王后当年能在受雇用的奴仆之中，发现改了名字的齐湣王的儿子法章，最终嫁给他，可说是独具慧眼了。她用锤子打碎玉连环，不受秦国人的戏弄，分明是女子中的蔺相如。汉惠帝时，匈奴王曾写信戏谑吕后，这简直是莫大的耻辱，但是汉室竟然过分地自我贬损，用好言好语来答复匈奴。当时陈平、周勃等名臣都在，却没有一位有君王后那样的智慧，这是为什么呢？

李氏谏君顺民意

刘智远至晋阳，议率[1]民财以赏将士。夫人李氏谏曰：『陛下因河东创大业，未有惠泽及民，而先夺其生资，殆非新天子所以救民之意也。请悉出军中所有劳军，虽复不厚，人无怨言。』智远从之，中外[2]大悦。

【注释】

①率：计算。

②中外：朝廷内外。

【译文】

五代十国时期，刘智远到晋阳后，建议征收百姓的财产，用以赏赐将士。夫人李氏劝谏说：『陛下凭借河东创立大业，还没有给予百姓什么恩惠，就先夺取他们生活的资产，这恐怕不是初登帝位的天子要拯救百姓的意思。臣妾建议拿出军中所有资财来犒赏三军，虽然赏赐不很丰厚，但人们却不会有怨言。』刘智远采纳了她的建议，结果军队内外都非常高兴。

郑氏鞭儿稳军兵

唐李景让[1]母郑氏，性严明。景让宦达，发已斑白，小有过，不免捶楚[2]。其为浙西观察使，有牙将逆意，杖之而毙。军中愤怒，将为变。母闻之，出坐厅事，立景让于庭而责之曰：『天子付汝以方面，岂得以国家刑法为喜怒之资，而妄杀无罪！万一致一方不宁，岂唯上负朝廷，使垂老之母含羞入地，何以见汝之先人哉！』命左右褫③其衣，将挞其背。将佐皆为之请，良久乃释，军中遂安。

【梦龙评】按郑氏早寡，家贫子幼，母自教之。宅后墙陷，得钱盈船，母祝之曰：『吾闻无劳而获，身之灾也。天若矜④我贫，则愿诸孤学问有成，此不敢取。』遽掩而筑之。盖妇人中有大见识者。景让弟景庄，老于场屋，每被黜，母辄挞景让。此事可笑。然景让终不肯属主司，曰：『朝廷取士，自有公道，岂可效人求关节乎？』其渐于义方深矣。

【注释】

①李景让：字后己，唐汶水人，宝历初为右拾遗。宣宗时累官太子少保，生性好奖拔士类，简素寡欲。

②捶楚：同棰楚，杖刑。

③褫（chǐ）：夺去，剥夺。

④矜（lián）：通『怜』。

【译文】

唐朝李景让的母亲郑氏，秉性严厉明智，李景让做了大官，头发已经斑白，但是稍有过失，也免不了挨母亲的鞭打之苦。李景让任浙西观察使时，有个牙将违背他的意愿，他施用杖刑把牙将打死了。军中人们愤怒起来，要发动事变。李景让的母亲听说后，出来就坐于厅上处理此事。她命景让站在庭院中，斥责他说：『天子把一方之地交付给你。你怎么能拿国家的刑法作为你欢喜发怒的工具而枉杀无罪的人呢？万一使得这片地区不能安宁，不但对上辜负了朝廷？而且使你年迈的老母亲含羞而死之后，有什么脸面去见你的先人啊！』她命令左右的人脱掉李景让的衣服，要重打他的后背。辅将们都为李景让求情，求了好久，李景让的母亲才放了他，军中于是安定下来。

【梦龙评】郑氏很早就守寡，家境贫穷，孩子又小，郑氏亲自教导他们。有一天，宅院后墙突然崩塌，显露出能装满一船的钱财，郑氏祝祷上苍说：『我听说不劳而获是自己的灾祸，上天若是可怜我家贫穷，请保佑我的儿子们日后能学有所成，这些钱财我不敢动用。』于是仍将这些钱用土掩埋并把墙砌好。这郑氏真是妇人中大有见识的。李景让的弟弟李景庄，科举考试极不顺利，每次落榜，郑氏就鞭打景让，这事有点可笑。但李景让始终不肯找主考说情，他说：『朝廷取士自有一定原则，我怎可去学那些疏通关节的人呢？』从小接受严格的家教对他影响至深。

葛氏泰然等暴民

白瑾妻，山阴葛氏女也。瑾素弱，葛善为调节[①]，使读书。成化中，以进士为分宜[②]令，葛与俱往。其明年，瑾病愈时，而库所贮折银尚数千两。邻境有因饥作乱者，聚徒百人，将劫取。县固无城郭，寇卒至，诸薄丞挈[③]家去匿。葛独分命家人力拒其两门，乃迁白公于他室，埋其银污池中，着公之服，升堂以候贼。贼至，则阳为好语相劳苦，尽出其所私藏钗珥衣服诸物以与贼。贼谢而去，不知阴已表识，竟物色捕得之。

【梦龙评】白公衣，合让与此妇穿戴。

【注释】

①调节：调整，协调。

②分宜：旧县名，在今江西省。

③挈（qiè）：带领。

【译文】

本朝人白瑾的妻子，是山阴县葛氏的女儿。白瑾一向身体虚弱，葛氏就经常为他调养身子，让他读书。宪宗成化年间，白瑾考中进士，被任命为分宜县令，葛氏也跟着他一起去上任。第二年，白瑾病了很长时间，这时县库里所储存的银子还有几千两。邻县有人因为饥荒而闹事，聚集了饥民上百人，准备前来抢劫。县里本来就没有守备的城墙，饥民突然拥来，县衙内的大小官员都带着家小躲藏起来了。只有葛氏指挥家人，先尽力守住府中的两座大门，再把白瑾迁移到其他房间，把银子埋在粪池中，然后她自己穿上白瑾的官服，到衙内大堂等候饥民。饥民冲进县衙后，葛氏就假意用好言好语安慰他们，把家中的首饰衣物都拿出来分给他们。饥民表示感谢后离去，却没有料到葛氏早已暗中让人给他们做了记号，后来官府就根据记号进行调查，把他们全部抓到。

【梦龙评】白瑾这一身官服，应该由妻子穿才算合适。

朱母先觉固城墙

朱序①镇襄阳，苻坚遣其将苻丕②率众围之。先是序母韩氏亲登城审势，谓西北角当先受敌，乃率百余婢并城中女丁，于其角头预斜筑城二十余丈。其后贼攻城，西北角果溃，凭新筑处固守，得完。襄阳人遂号其筑为『夫人城』。

【注释】

①朱序：字次伦，东晋义阳人，世为名将。兴宁中，为梁州刺史，镇守襄阳。苻坚遣将来攻，城陷，序被执，后谢石与坚战淝水，序尝言坚败，遂大败。序乃得归，拜龙骧将军、豫州刺史。

②苻丕：字永叙，略阳临渭人，氐族，少好学，博综经史，受兵法于邓羌，出镇于邺，东夏安之。坚死，幽州王永迎入晋阳，劝其称帝，在位仅两年而败。

【译文】

朱序镇守襄阳时，苻坚派大将苻丕率军兵围攻襄阳。在此之前，朱序的母亲韩氏亲自登城观察地势，说西北角会先遭到敌人的攻击，于是率领一百多位婢女和城中的妇女，在西北角城头预先斜向筑起二十多丈高的城墙。之后贼兵攻城的时候，西北角果然被攻破，凭靠新筑的城墙坚守，才得以保全城池。襄阳人于是称这新筑的城为『夫人城』。

徐氏贞洁杀夫仇

孙翊[①]为丹阳守，妫览时为都督督兵，戴员为郡丞[②]，与左右亲信边洪等数患苦翊。会翊送客，洪从后斫杀翊，迸进入山。翊妻徐氏，购募追捕得洪，杀之。览遂入军府，悉取翊嫔妾及左右侍御，欲复取徐。徐恐见害，乃绐之曰：『乞须晦日设祭除服乃可。』览听之。徐潜使人语翊旧将孙高、傅婴等，高、婴相与涕泣，共誓合谋。至晦日，徐氏设祭讫，乃除服，熏香沐浴，更于他室安施帏帐，言笑欢悦。览密觇，无复疑意。徐先呼高、婴与诸婢罗列户内，览入。徐出户拜览，即大呼，高、婴俱出，共杀览，余人就外杀员，徐乃还缞绖，奉览、员首以祭翊，举军震骇。

【注释】

①孙翊：又名俨，字叔弼，三国吴人，孙权的弟弟。

②郡丞：官名，掌管农事的官吏。

【译文】

孙翊为丹阳太守时，当时的都督妫览、郡丞戴员及亲信边鸿等人，都对孙翊不满。

有一天，边鸿趁孙翊送客的时候，从孙翊身后把他刺杀，逃入山中。孙翊的妻子徐氏招募武士追捕，终于擒获边鸿，将他杀了。

从此，妫览独断专权，搬入军府，不仅接收孙翊所有的侍卫，连他的嫔妾、女婢也一律据为己有，甚至想强占徐氏。

徐氏怕如果拒绝会遭到杀害，于是就骗妫览说：『请允许我到月底时，摆设祭台、除丧服后再服侍您。』妫览答应了徐氏的要求。徐氏于是暗中派人告诉孙翊昔日手下的将领孙高、傅婴等人，他们知道妫览的作为后，都流着眼泪发誓要铲掉妫览为孙翊报仇。

到了月底，徐氏祭拜完后就脱下丧服，然后熏香沐浴，更在内室放下帏帐等待妫览，举止神色显得十分愉快。妫览暗中观察，对徐氏的表现非常满意，就不再猜疑徐氏。

徐氏事先就要孙高、傅婴与其他婢女在内室等候，妫览一进府，徐氏就出房拜见，接着大声叫喊；喊声未歇，孙高、傅婴等人已共同击杀妫览，其他的女婢等则围杀戴员。

事后，徐氏重又穿上丧服，奉上妫览、戴员的首级祭拜孙翊。全军为之惊恐害怕。

希光委身斩仇家

申屠氏，长乐[1]人，慕孟光之为人，自名希光。有诗才[2]，既适侯官[3]秀才董昌，绝不复吟，食贫作苦，宴如也。郡中大豪方六一闻希光美，心悦之，乃使人诬昌阴重罪，罪至族。六一复阳为居间，得轻比，独昌报杀，妻子俱免，因使侍者通殷勤，强委禽焉。希光具知其谋，谬[4]许之，密寄其孤于昌之友人。乃求利匕首，挟以往，好言谢六一，因请葬夫而后成礼。六一大喜，使人以礼葬昌。希光则伪为色喜，艳妆入室。六一既至，即以匕首刺之帐中，六一立死。因复杀其侍者二人。至夜中，诈谓六一暴病，以次呼其家人，至则皆杀之，尽灭其宗。因斩六一头，置囊中，至昌葬所祭之，明日悉召村民，告以故，且曰：『吾将从夫地下！』遂缢而死。时靖康二年事。

【梦龙评】六一陷人于族，乃人不族而己族矣。以一文弱妇人，奋其白刃，全家为戮，义愤所激，鬼神助之，有志竟成，岂必须眉丈夫哉！

【注释】

①长乐：旧县名，在今福建省。

②申屠氏……有诗才：据冯梦龙《情史·情贞类·申屠氏》中曰：『申屠氏，宋时长乐人，美而艳，申屠虔之女也。既长，慕孟光之为人，名希光。十岁能属文，读书一过，辄得成诵。年二十，侯官有董昌，以秀才异等，为虔所识，遂以希光妻昌。』

③侯官：古县名，今福建省福州市。
④谬（miù）：假装。

【译文】

申屠希光是长乐人，因为羡慕孟光的为人，自己取名为希光。她有诗才，但嫁给侯官秀才董昌以后，再也不吟诗，吃穿穷苦，却安于清贫。郡中有个大豪绅叫方六一，听说希光貌美，心中喜欢，便让人诬陷董昌，阴谋让官府判他重罪，罪责牵连一族人，方六一又在表面上从中解救，使他们得以根据较轻律条被判罪，只有董昌被判杀头，妻子儿女都幸免。方六一随后派侍从去向希光献殷勤，强行送去聘礼。希光知道他的全部阴谋，假装答应他，暗中把子女托付给董昌的友人。希光找了把锋利的匕首，带在身上去了方六一的家。好言感谢方六一，于是请求安葬丈夫以后举行婚礼。方六一大喜，派人用厚礼安葬董昌。希光假装高兴的样子，浓妆艳抹进了新房。方六一来到床上以后，希光立刻把匕首刺进帐中，方六一当即死亡。希光又杀了他的两名侍从，到了夜里，希光谎称方六一得暴病，依次叫来他的家人，家人一到就杀掉，最后杀尽了一族的人，然后希光斩下方六一的头，放进袋子里，拿到董昌下葬的地方祭奠他。第二天，希光召集全体村民，把事情缘由告诉他们，并且说：『我要随丈夫同眠于地下！』随后便自缢而死。这是靖康二年发生的事。

【梦龙评】方六一以灭族之罪陷害董昌，但并没有杀死董昌全家，却给自己招来灭族之祸。仅凭申屠希光这样一位柔弱的女子，竟能举起手中锋利的匕首，把方某全家杀死，这是因为激于义愤，再加上神明相助。有志者事竟成，难道一定要男子汉大丈夫才能复仇吗！

沈襄妾帮夫逃身

锦衣卫经历沈鍊[1]，以攻严相得罪，谪佃保安[2]。时总督杨顺、巡按路楷皆嵩客，受世蕃指：『若除吾疡[3]，大者侯，小者卿。』顺因与楷合策，捕诸白莲教[4]通虏者，窜鍊名籍中，论斩，籍其家。顺以功荫一子锦衣千户，楷侯选五品卿寺。顺犹怏怏曰：『相君薄我赏，犹有不足乎？』取鍊二子杖杀之，而移檄越，逮公长子诸生襄[5]。至则日掠治，困急且死。会顺、楷被劾，卒奉旨逮治，而襄得末减问戍。襄之始来也，只一爱妾从行，及是与妾俱赴戍所。中道微闻严氏将使人要而杀之，襄惧欲窜，而顾妾不能割。妾曰：『君一身，沈氏宗祧[6]所系，第去勿忧我。』襄遂给押者：『城中有年家某，负吾家金钱，往索可得。』押者恃妾在，不疑，纵之去。久之不返，押者往年家询之，云：『未尝至。』还复叩妾，妾把其襟大恸曰：『吾夫妇患难相守，无顷刻离，今去而不返，必汝曹[7]受严氏指，戕杀我夫矣！』观者如市，不能判，闻于监司。监司亦疑严氏真有此事，不得已，权使妾寄食尼庵，而立限责押者迹襄。押者物色不得，屡受笞，乃哀恳于妾，言：『襄实自窜，毋枉我。』因以间亡命去。久之，嵩败，襄始出讼冤，捕顺、楷抵罪，妾复相从。襄号小霞，楚人江进之有《沈小霞妾传》。

【梦龙评】严氏将要襄杀之，事之有无不可知，然襄此去实大便宜、大干净。得此妾一番撒赖，即上官亦疑真有是事，而襄始安然亡命无患矣。顺、楷辈死，肉不足喂狗。而此妾与沈氏父子并传，忠智萃于一门，盛矣哉！

【注释】

①沈鍊（liàn）：沈鍊：进士出身，性格刚直，疾恶如仇，因得罪严嵩父子被害。

②保安：古县名，今陕西省志丹县。
③疡（yáng）：疮，指心头之患，妨碍自己的人。
④白莲教：古代民间宗教的秘密组织，起源于宋代，时常发动起义，为历代封建统治者所痛恨。
⑤襄：沈襄，字小霞，沈錬之子，以阴补官，仕至郡守，工画墨梅。
⑥祧（tiāo）：祖庙，嗣。
⑦汝曹：你们。

【译文】

锦衣卫经历沈錬，因为抨击丞相严嵩而被判罪。谪贬到保安屯田。当时，总督杨顺、巡按路楷都是严嵩的门客，被当时边疆的人指责为：『只要你们能消除我们的心头痛，功大者大封侯，小的是卿。』杨顺于是与路楷合谋，捕捉白莲教中与少数民族来往的人，把沈錬的名字也写在名册中，判了斩刑，登记并没收了他的所有家产。杨顺因有功，庇护自己的一个儿子做了锦衣千户，路楷被选为五品卿寺。杨顺还是满心不高兴地说：『丞相给我的封赏不多，是我还做得不够吗？』杨顺抓来沈錬的两个儿子杖杀了，又传文至越，逮捕沈錬的长子沈襄。抓到后就每天拷打讯问，沈襄被逼迫得几乎死掉。正逢杨顺、路楷被弹劾，差役奉旨来整顿府衙。沈襄得以减轻罪刑，受命戍边。沈襄刚来时，只有一个爱妾随他同行，到这时便与爱妾一同赶赴戍边的地方。途中听到点风声说严嵩将派人追寻并要杀掉他们。沈襄畏惧而想逃跑，但回头看看爱妾，不能割舍。爱妾说：『您一人，关系到沈氏宗族的断续。您尽管走，不要忧虑我。』沈襄于是骗押送的人说：『城中有我一个同年登科的朋友，欠我家的金钱，我去索要回来。』押送的人凭着有他的爱妾在，没有怀疑，放沈襄走了。沈襄走了很久没回来，押送人去那个朋友家问，那人说：『沈襄不曾来过。』押送人回来又问沈襄爱妾，她拉住押送人的衣襟大哭道：『我夫妇二人患难相守，没有片刻分离，现在他走了不回来，你们几个人必定受了严嵩的指使，杀害了我的丈夫吧！』围观的人多得像赶集，押送人不能处理，报告给监司。监司也怀疑严嵩果真有此事，不得已，暂且让沈襄妾寄居在尼姑庵，并规定期限责令押送人追踪沈襄。押送人追寻不到，屡次受到笞打，于是向沈襄苦苦恳求，说：『沈襄确实是自己逃跑的，不要冤枉我。』押送人便趁机逃走了。很久以后，严嵩遭到弹劾，沈襄才出面诉冤，杨顺、路楷被抓抵罪；沈襄妾重又跟从了沈襄。沈襄号小霞，楚人江进之著有《沈小霞妾传》。

【梦龙评】严嵩要劫杀沈襄，这事不知是真是假，但沈襄骗吏卒逃逸实在是干净利落，加上沈妾一番耍赖，连官员都怀疑严嵩真要杀沈襄，这才使沈襄能安然逃亡在外。杨顺、路楷之流，把他们的肉拿来喂狗，狗都不爱吃。沈妾与沈氏父子的事迹一起流传，可说是忠智集于一门，蔚为壮观。

郑氏智勇逃奸淫

唐滕王[1]极淫，诸官美妻，无得白者，诈言妃唤，即行无礼。时典签[2]崔简妻郑氏初至，王遣唤。欲不去，则惧王之威，去则被王之辱。郑曰：『无害。』遂入王中门外小阁。王在其中，郑入，欲逼之。郑大叫左右曰：『大王岂作如是，必家奴耳！』取只履[3]击王头破，抓面流血。妃闻而出，郑氏乃得还。王惭，旬日不视事。简每日参候，不敢离门。后王坐，简向前谢[4]，王惭，乃出。诸官之妻曾被唤入者，莫不羞之。

【梦龙评】不唯自全，又能全人，此妇有胆有识。

【注释】

①滕王：李元婴，唐高祖李渊之子，封为滕王。初为荆州刺史，迁洪州都督，骄纵失度，屡坐法受谪。

②典签：官名，唐于亲王府设置，从八品下，掌宣传亲王教命之事。

③履（lǚ）：鞋子。

④谢：谢罪。

【译文】

唐朝滕王极为荒淫，各个官员的美貌妻子没有不受玷污的，都是先谎说嫔妃传唤，一去滕王就行非礼。当时，典签崔简的妻子郑氏刚来的时候，滕王派人来唤。崔简想不让妻子去，又惧怕滕王的威势，让妻子去又会受滕王的污辱。郑氏说：『不要紧。』于是就来到滕王门外的小阁里。滕王正在阁内，郑氏一进来，滕王就要逼迫她。郑氏大声呼叫左右的人道：『大王怎么会做这样的事，这人一定是家奴呵！』郑氏脱下一只鞋猛打滕王的头，把滕王的头打破，又把滕王的脸抓得流血。滕王的妃嫔听到声音出来，郑氏才得以逃回去。滕王羞惭，十多天不理政事。崔简每天参见滕王，不敢离开府门。后来滕王获罪，崔简前来道歉，滕王羞愧，随之被放逐。各官员曾被滕王叫进府去的妻子，没有不感到羞辱的。

【梦龙评】崔简妻子的举动不但保全了自己，也保全了别人，她真是一位有胆量、有见识的妇人。

新媳妇巧置尸首

某家娶妇之夕，有贼来穴壁，已入矣，会其地有大木，贼触木倒，破头死。烛之，乃所识邻人，仓惶间，惧反饵祸。新妇曰：『无妨。』令空一箱，纳贼尸于内，舁①至贼家门首，剥啄②数下。贼妇开门见箱，谓是夫盗来之物，欣然收纳。数日夫不还，发视，乃是夫尸，莫知谁杀，因密瘗③之而遁。

【注释】

①舁（yú）：担。

②剥啄：敲门。

③瘗（yì）：埋，埋葬。

【译文】

有一家娶媳妇的当天晚上，有窃贼来挖墙，已挖通进到室内了，正好地上有大木头，窃贼把大木头碰倒，头被砸破而死。用蜡烛一照，原来是这家人认识的邻居，仓皇之际，家里人害怕这反倒会引来大祸。新媳妇说：『没关系。』她让人空出一个箱子，把窃贼的尸体装进箱子里，一起抬到窃贼家门口，敲了几下门就走开了。贼人的妻子开门看见箱子，以为是丈夫偷来的东西，高兴地收进去。几天后不见丈夫回来，开箱一看，原来是丈夫的尸体，不知道是谁杀的，于是悄悄地埋葬了丈夫，然后便逃走了。

辽阳妇吓退山贼

辽阳[①]东山虏，剽掠至一家，男子俱不在，在者唯三四妇人耳。虏不知虚实，不敢入其室，于院中以弓矢恐之。室中两妇引绳，一妇安矢于绳，自窗绷[②]而射之。数矢后，贼犹不退，矢竭矣，乃大声诡呼曰：『取箭来！』自绷上以麻秸一束掷之地，作矢声。贼惊曰：『彼矢多如是，不易制也！』遂退去。

【梦龙评】妇引绳发矢，犹能退贼，始知贼未尝不畏人，人自过怯，让贼得利耳。

【注释】

①辽阳：古县名，在今辽宁省辽阳市。

②绷（bēng）：拉紧。

【译文】

辽阳的女真族人抢劫到一户人家，男子都不在，在家的只有三四个妇人而已。女真人不知道虚实，不敢进入屋内，在院子里摆开了放箭的架势恐吓。屋里的两个妇人拿来一条绳子，一个妇人把箭安放在绳子上，从窗口把箭绷射出去。发了几箭后，贼人仍然不退，箭射完了，妇人便大声叫喊，谎说：『把箭拿来！』却从绳子上把一束麻秸绷掷在地上，发出箭一样的声响。贼人惊讶地说：『她们的箭这么多，不容易被制伏！』于是贼人撤退离去。

【梦龙评】几位妇人拉绳射箭就能击退贼人，可见贼人也未尝不怕人，只是人们自身太过怯懦，才会让贼人得逞。

练氏解释二将军

章郇公得象之高祖①，建州②人，仕王氏为刺史，号章太傅。其夫人练氏，智识过人。太傅尝用兵，有二将后期③，欲斩之。夫人置酒，饰美姬进之。太傅欢甚，迨⑤夜饮醉，夫人密使二将亡去。二将奔南唐，后为南唐将攻建州。时太傅已死，夫人居建州。二将遣使，厚以金帛遗夫人，且以一白旗授之，曰：『吾且屠城，夫人可植旗为识，吾戒士卒令勿犯。』夫人反其金帛，曰：『君幸思旧德，愿全合城性命。必欲屠之，吾家与众俱死，不愿独生也！』二将感其言，遂止不屠。

【梦龙评】夫人之免二将，必预知其为有用之才而惜之，或先请于太傅，不从，故以计释去耳。不然，军法后期者死，夫人肯曲法以市恩④乎？至于后之食报，何其巧也！夫人免二将之死，而二将且因夫人以免一城之死，夫人之所收者厚矣！按：太傅十三子，其八为夫人出。及宋兴，子孙及第至达官者甚众，皆出八房。阴德之报，岂诬也哉！

【注释】

①章郇公之高祖：章得象，北兴宋咸平进士，官至同中书门下平章事，封郇国公。其高祖即章仔钧，五代时仕王审知，官为闽之高州刺史、检校太傅、北面行营招讨使。在官有仁政。

②建州：唐建州即今福建建瓯。

③后期：未按部署时间率兵赶到。

④市恩：以私废公，收买人心。

【译文】

章郇公的高祖是建州人，给皇族做官为刺史，号章太傅。他的夫人练氏，智慧学识过人。章太傅曾经用兵，有两个战将没按时赶到，太傅要杀了他们。夫人练氏安排酒宴，让美女盛妆对太傅劝酒。太傅非常高兴，等到夜里他喝醉。夫人秘密地放开那两个战将，让他们逃走。两个战将投奔南唐，后来为南唐要攻打建州。当时太傅已经死了，夫人练氏住在建州。两个战将派使者把很多金帛送给夫人，并且把一面白旗交给他，说：『我就要杀进城去，夫人您可以竖立白旗作为标记，我告诫士卒让他们不要侵害您。』夫人把金帛退给他，说：『你幸亏记得过去我对你的恩德，希望你保全全城人的性命。如果一定要屠杀百姓，我全家就与百姓一起死，也不愿自活下去！』两个战将被夫人的话所感动，于是停止行动不屠杀城中的人了。

【梦龙评】夫人其所以要赦免二将，必定知道他们是有用之才而怜悯他，自当首先请示太傅，太傅不从，然后再用计释放。不然的话，违犯军令应当处死，夫人能用曲法而换取自己的恩德吗？至于以后的回赏报答，可谓妙无比。夫人免去了二将的死罪，而二将却因夫人保全了全城人的性命，夫人所收到的报答是极为丰厚的。据说太傅共有十三个儿子，练夫人生有八个，到宋朝建立以后，太傅的子孙由科举及第而当上大官的很多，但都是出自八子之房。对阴德回报之说，岂能认为都是空话？

陈觉妻嫉妒美女

陈觉微①时，为宋齐丘之客。及为兵部侍郎也，其妻李氏妒悍，亲执匕爨②，不置妾媵③。齐丘选姿首之婢三人与之，李亦无难色，奉侍三婢若舅姑礼。问其故，李曰：『此令公宠幸之人，见之若面令公，何敢倨慢④？』三婢既不自安，求还宋第。宋笑而许之。

【梦龙评】近有一甲科丧偶，眷一土妓。及继娶，每托言宿于外馆，深夜潜诣妓家，辨色即归。继夫人察知之，绝不漏言。伺其再往，于五鼓集其童仆轿伞，往彼迎接，传夫人之命。甲科大惭，遂止。亦善于用妒者也。

【注释】

①微：没有名声。

②匕爨（cuàn）：匕，羹匙；爨，灶。指炊事。

③妾媵（yìng）：偏房。

④倨慢：傲慢不恭敬。

【译文】

五代南唐大臣陈觉身份低微时，是宋齐丘（字子嵩，南唐中书令，封楚国公）的门客。到他任兵部侍郎后，他的妻子李氏好嫉妒强悍，亲自做饭，不收小妾。宋齐丘挑选了三个面容娇美的婢女送给陈觉做妾，李氏脸上也没有为难的神色，侍奉三个婢女如同对待公婆的礼节。问她原因，李氏说：『这是侍郎宠幸的人，见她们就像见侍郎，怎么敢傲慢无礼？』三个婢女自己心里不安，要求回宋齐丘的府里。宋齐丘笑着准许她们回去了。

【梦龙评】近来有位进士，妻子去世，就养了一个妓女。后来娶了继室，常借口有事外宿，深夜暗自潜入妓女家过夜，天亮就回家。继夫人暗中调查，知道了实情，但她只字不提。等丈夫再去妓女家时，五更时分，继夫人召集仆人，带着车轿伞盖去妓女家迎接，并扬言是奉夫人之命而来。进士大为惭愧，从此不敢再去妓女家。这也是善于运用其妒嫉的。

狡诈智囊

狡黠卷二十七

【导读】

本卷收集了各类狡诈故事。有谋国者，如陈乞之立公子阳生、高欢之叛尔朱兆、商臣之谋为太子；有害人逞人者，如赵高害李斯、李林甫去李适之；有自固者，如石显以开宫门一事加固皇帝对其宠信、丁谓以家书使帝感恻、曹翰以『下江南图』引发皇帝怜悯之心、袁术诸妇害冯方女而固宠；有骗财者，如土豪张姓以乞丐诈财，永嘉舟子以绢、篮讹财，卖肉翁孙三染白猫做干红猫以取财，淮缏道人以铁牛骗财，杭郡老妪以骗局害某老翁家破身亡。所用狡计五花八门，归结起来大致有几类：一曰以利动人，如南京道者假称见金银气，诱山西贾人挖掘，丹客以炼金术诱骗富翁之金银；一曰以色诱人，如杭郡老妪假作与某翁结婚、乘驴妇与驴客调笑而窃其驴、某丹客以妓女诱富翁；一曰以情感人，如丁谓之家书、曹翰之画卷、某僧假称牛为其父；一曰以神怪迷人，如京都道人自言三百余岁而称其老态龙钟之父亲为子、某僧以假绝食骗人又以神像迷人、白铁余埋铜佛像诱人施舍、刘龙子以圣龙吐水欺人；一曰挑拨离间，如陈乞挑拨大臣与高国之关系。

【原文】

英雄欺人①，盗亦有道。智日以深，奸日以老。象物为备，禹鼎在兹②。庶几不若，莫或逢之。集《狡黠》。

【注释】

①欺人：以气势吓人。

②象物为备，禹鼎在兹：禹把各地的神物和恶物铸在鼎上，让人民识别。

【译文】

英雄可以骗人，强盗也有其道。智慧能日益深沉，奸诈也会日益老练。古时大禹把万物铸在鼎上，使百姓能认识鬼神奸邪的形状。也许这样就不会遇到妖怪了。因此集《狡黠》卷。

吕不韦笑取秦国

秦太子妃曰华阳夫人，无子。夏姬生子异人，质于赵，秦数伐赵，赵不礼之，困不得意。阳翟大贾吕不韦[①]适邯郸，见之曰：『此奇货可居！』乃说之曰：『太子爱华阳夫人而无子，子之兄弟二十余人，子居中，不甚见幸，不得争立。不韦请以千金为子西游，立子为嗣。』异人曰：『必如君策，秦国与子共之！』不韦乃厚赀[②]西见夫人姊，而以献于夫人，因誉异人贤孝，日夜泣思太子及夫人。不韦因使其姊说曰：『夫人爱而无子，异人贤，自知中子不得为适[③]，诚以此时拔之，是异人无国而有国，夫人无子而有子也，则终身有宠于秦矣。』夫人以为然，遂与太子约以为嗣，使不韦还报异人。异人变服逃归，更名楚。不韦娶邯郸姬绝美者与居，知其有娠。异人见而请之，不韦佯怒，既而献之，期年[④]而生子政，嗣楚立，是为始皇。

【梦龙评】真西山[⑤]曰：『秦自孝公以至昭王，国势益张，合五国百万之众，攻之不克，而不韦以一女子，从容谈笑夺其国于衽席间。不韦非大贾，乃大盗也！』

【注释】

①吕不韦：战国时秦国大臣。初为商人，用计立始皇为帝，尊为相国，号称『仲父』，曾命门客撰《吕氏春秋》。

②赀（zī）：贿赂礼物。

③适：归国继位。

④期（jī）年：满一年。

⑤真西山：指南宋学者真德秀，字景元，建州浦城（今属福建省）人，学者称西山先生。

【译文】

秦太子妃华阳夫人没有生儿子，夏姬生了一个儿子，名异人。异人在赵国做人质，因秦国屡次攻打赵国，所以赵国对他不加礼遇，他的日子很不好过。阳翟有位大商人吕不韦到了邯郸，见到了异人，说：『这是奇货可居啊。』于是对异人说：『太子爱华阳夫人，但夫人没有儿子。你的兄弟有二十多位，你在兄弟中的排行居中，又不受宠，想争王位十分困难。我想拿出黄金千斤为你西游咸阳，立你为嗣。』异人说：『如果你的计划能实现，我愿意和你共同享有秦国。』吕不韦就带着厚礼西入秦国，拜见华阳夫人的姐姐，请她将礼物转献华阳夫人，同时称赞异人的贤能孝顺，常日夜哭泣思念太子及夫人。吕不韦又请华阳夫人姐姐劝说夫人：『夫人受宠爱，但没有儿子。异人贤能，自知排行居中，不能立为嫡嗣，如果夫人能在此时提拔他，对异人来说由无国变为有国，夫人则无子而成为有子，那么能终身在秦国享受荣宠了。』夫人听了认为有理，就与太子约定立异人为嗣，请吕不韦回去通知异人。于是异人化装逃回，改名楚。吕不韦娶了邯郸的一个美女同居，知道她有了身孕。异人见了邯郸美女，就请吕不韦将美女送给他，吕不韦假装生气，后来还是把美女送给了他。第二年，邯郸女子生下儿子，取名为政，成为楚的继承人，也就是日后的秦始皇。

【梦龙评】真西山说：秦国自孝公以至昭王，国势越来越强大，即使其他五国集合百万的兵力，也无法攻克秦国。而吕不韦只用了一名女子，从容谈笑，在卧席间就轻松地取得了秦国。吕不韦其实不是位大商人，而是一位窃国大盗。

潘崇用计得真情

楚成王①以商臣为太子，既而又欲立公子职②。商臣闻之，未察③也，告其傅潘崇曰：『若之何而察之？』潘崇曰：『飨江芈④成王嬖。而勿敬也。』商臣从其策，江芈果怒，曰：『呼！役夫⑤！宜君王之欲废汝而立职也！』商臣曰：『信矣！』

【梦龙评】阳山君相卫，闻卫君之疑己也，乃伪谤其所爱樛竖以知之。术同此。

【注释】

①楚成王：前671—626年在位，为其子商臣所杀。

②公子职：商臣之庶弟。

③未察：没有弄确实。

④江芈：说为成王之妹嫁于江国者，一说为成王宠姬。

⑤役夫：贱者之称。于是商臣以东宫之卒围王宫，成王请食熊掌而死，不听，成王遂自缢。商臣立，

为穆王。

【译文】

楚成王立商臣为太子，之后又想立商臣之庶弟公子职。商臣听说这个消息，没有弄确实，就告诉他的傅潘崇说：『怎样把消息查实呢？』潘崇说：『你设酒食款待江芈，但要对他不恭敬。』商臣听说从了他的计策，江芈果然发怒，说：『呸！贱人！君王想废了你而立公子职，真是应该！』商臣说：『这是真的了！』

【梦龙评】阳山君在卫国做相国时，听说卫君对自己有怀疑，于是毁谤卫君所宠爱的樛竖，从而确认了确有其事，所用的办法与此相同。

曹操奸雄诡计多

魏武常行军，廪谷①不足，私召主者②问：『如何？』主者曰：『可行小斛足之。』曹公曰：『善！』后军中言曹公欺众，公谓主者曰：『借汝一物，以厌③众心。』乃斩之，取首题徇④曰：『行小斛，盗官谷。』军心遂定。

曹公尝云：『我眠中不可妄近，近便斫人，亦不自觉，左右宜慎之！』一日阳眠，所幸一人窃以被覆之，因便斫杀，复卧。既觉，问：『谁杀我侍者？』自是每眠人不敢近。

魏武言人欲危己，己辄心动，因语所亲小人曰：『汝怀刃密来我侧，我必说必动，执汝使行刑，汝但勿言，保无他故，当厚相报。』亲者信焉，不以为惧，遂斩之。此人至此不知也。左右以为实，谋逆者挫气矣。

操少时，尝与袁绍观人新婚，因[5]潜入主人园中，夜叫呼云：『有偷儿贼！』青庐[6]中人皆出观，操乃入，抽刃劫新妇。与绍还出，失道，坠枳[7]棘中，绍不能得动，操复大叫云：『偷儿在此！』绍惶迫，自掷出，遂以俱免。

【梦龙评】《世说》[8]又载：袁绍曾遣人夜以剑掷操，少下不着。操度后来必高，因帖[9]卧床上，剑至，果高。此谬也。操多疑，其儆备必严，剑何由及床？设有之，操必迁卧，宁有复居危地、以身试智之理。

【注释】

①廪谷：仓中的粮食。

②主者：主管粮食供应的官吏。

③厌：使众人满意，心服。

④题徇（xùn）：向众人宣布罪状。

⑤因：乘。

⑥青庐：古时婚俗，以青布幔为屋，在其中迎娶新妇，举行婚礼，称为青庐。

⑦枳（zhǐ）：落叶灌木，小枝多硬刺。

⑧《世说》：《世说新语》，古小说集，南朝宋刘义庆撰。

⑨帖：黏附。儆（jǐng）备：戒备，防备。

【译文】

魏武帝曹操经常带兵出征，一次营中军粮短缺，曹操便私下召来军需官，问他有什么解决的办法。军需官说：『可以用小斗来量下发的军粮。』曹操说：『好。』后来军中传出曹操在米袋中动手脚来欺骗众人，曹操又召来军需官说：『我要向你借一样东西，以安定军心。』于是把军需官杀了，将他的首级示众，并宣布道：『军需官擅自用小斗量米，盗取军粮。』军士不满的情绪因此得以平息。

曹操曾经说：『我睡觉时你们不要随便靠近我，即使在我睡梦中，只要有人走近我，我也会不自觉地杀人，我身边的人应当特别小心。』一天，曹操假装睡觉，有个亲信悄悄上前替他盖被，曹操果然就把他杀了，接着又躺下睡觉。睡醒后，他故意问：『谁杀了我的侍从？』从那以后，曹操睡觉时，再也没有人敢接近他。

曹操唯恐别人会谋害自己，便扬言说：『如果有人想害我，我的心就会有预感。』为了让大家相信他的话，就对他所宠幸的近臣说：『待会儿你怀里揣着刀假装来行刺，我一定会说我心里已经预感到了，如果抓住你的人要对你用刑，只要你不说出去，我保证你没事，事后我会给你重重的奖赏。』那名亲信信以为真，毫无畏惧地前去行刺，于是被曹操下令给杀了。这个人到死都不相信自己会被杀。曹操身边的人以为曹操的预感确实灵验无比，想谋害他的人也都不敢轻易行动了。

曹操年轻时，有一次和袁绍一起看人娶亲，趁机藏在主人家花园里，夜里大声叫喊：『有小偷。』新房中的人都跑出来察看，曹操便进入新房，持刀劫走了新娘子。曹、袁二人摸黑往回跑，一时迷了路，坠入长满刺的枳树丛中，袁绍动弹不得，曹操大声呼叫：『小偷在这里。』袁绍一惊吓，腾跃而出，于是二人得以脱身。

【梦龙评】《世说新语》曾记载：『袁绍曾派人用剑行刺曹操，但剑刺的高度不够，所以没有刺杀成功。

曹操料想杀手下次出手行刺，一定会调整高度，于是就紧贴墙面，后来刺客果真把剑刺向高处。』这段记载我无法相信是事实，曹操生性多疑，有刺客行刺，一定加强戒备，刺客如何能近身？就是刺客能突破曹操的卫士，曹操也一定会迁移到其他卧室，哪有再冒生命危险与刺客斗智的道理？

严嵩智斗伊庶人

伊庶人[①]为王时，以残暴历见纠于台使[②]者，追则行十万余金于嵩，得小缓。及嵩败家居，则遣军卒十辈造嵩家，胁偿金。嵩置酒款之，而好语曰：『所惠金十万，实无之，仅得半耳，而又半费，请以二万金偿。』因尽以上所赐金有印识者予之。既去而闻于郡曰：『有江盗劫吾家二万金去矣。速掩之，可获也！』郡发卒追得金，悉捕军卒下狱论死。

【注释】

①伊庶人：庶厉王朱典楧，明世宗嘉靖四十三年，因罪废为庶人。

②台使：台官纠弹朝臣的谏官。

【译文】

朱典楧当伊王时，因残暴曾被人向台使者揭发，追查得紧时就向严嵩行贿十万多金，得以略微缓刑。到严嵩垮台回家居住时，伊王就派十队军卒到严嵩家，逼迫严嵩还钱。严嵩安排酒宴款待伊王，好言好语地说：『您给的十万金，其实我没有得到那么多，我只得到一半，而且又花费了一半，请让我赔偿二万金吧。』于是严嵩拿出所有的皇上赐给的带有封印的金钱给了伊王。伊王离开后，严嵩对郡官说：『有江湖强盗抢劫走了我家二万金。请赶快追赶，就可抓获。』郡官派吏卒追回了金钱，把伊王的军卒全捉住，投进监狱判了死罪。

吉温施计得口供

李适之为兵部尚书，李林甫恶之，使人发兵部诠曹[1]奸利事，收吏六十余人，付京兆尹。尹使法曹吉温[2]鞫之。温入院，先于后厅取二重囚讯问，或杖或压，号呼之声，所不忍闻。兵部吏素闻温惨酷，及引入，皆自诬服，顷刻狱成，而囚无榜掠。适之遂得免[3]。

【注释】

①诠曹：掌诠选将吏之部门。

②吉温：为万年丞，京兆尹萧炅荐之于李林甫，用为法曹。与罗希奭相勖以虐，号『罗钳吉网』，锻炼成弦狱，无能自脱者。后官侍御史，坐受贿贬端溪尉，杨国忠遣人杀之。

③免：免官。

【译文】

唐朝李适之任兵部尚书，李林甫憎恨他，指使人揭发兵部掌管选任将吏的部门不正当得利的事，抓去官吏六十多人，交给京兆尹处理。京兆尹派法曹吉温审讯他们。吉温进入院中，先从后厅带来两名重犯讯问，或者杖打，或者重压，犯人号呼的声音，让人不忍心听。兵部官吏一向听说吉温残酷，他们到被带上堂时，都自己捏造事实，认罪服法，不一会儿案子成立，但没有囚犯受鞭笞。李适之后来被免职。

阳虎心细刺恩人

阳虎之败①，鲁人闭门而捕之，围之三匝②。虎奔及门，门者曰：『天下探之不穷，我今出子！』虎因扬剑提戈而出，顾反取戈以伤出之者。出之者怨之曰：『我非故与子友也，为子脱死被罪，而反伤我！』鲁君闻失虎，大怒，问所出之门，有司拘之，不伤者被罪，而伤者独蒙厚赏。

【注释】

①阳虎：一作『阳货』。鲁季孙氏的家臣，挟持季桓子据有阳关（今山东泰安市南汶水东岸），掌握国政。

②匝（zā）：周。

【译文】

春秋时鲁国的阳虎叛乱失败后，鲁人封闭城门捉拿阳虎，将他层层包围。阳虎逃到城门，看门人说：『天下的事反反复复说不准，我还是放你走吧。』于是阳虎挥剑提戈出了城门，随即又回来用戈刺伤了放他走的看门人。看门人埋怨道：『我又不是本来就和你有交情的，为了救你我还得背罪，你倒好，还来伤我！』鲁君听说阳虎跑了，大怒，下令追查是从哪个城门逃跑的，于是把看门的都抓了起来，没受伤的被问罪，带伤的那个却得到重赏。

讼师咬耳救逆子

浙中有子殴七十岁父而堕其齿者，父取齿讼诸官。子惧甚，迎一名讼师问计，许以百金。师摇首曰：『大难事！』子益金固请，许留三日思之。至次日，忽谓曰：『得之矣！辟[1]人，当耳语若[2]。』子倾耳相就，师遽啮[3]之，断其半轮，血污衣。子大惊，师曰：『勿呼，是乃所以脱子也！然子须善藏，俟临鞫乃出。』既庭质，遂以父啮耳堕齿为辩。官谓耳不可以自啮，老人齿不固，啮而堕，良是。竟免。

【梦龙评】 **殴父而以计免，讼师之颠倒王章[4]，可畏哉！然其策亦大奇矣。**

【注释】

①辟（bì）：通『避』，躲避。

②若：你。

③啮（niè）：咬。

④王章：国家的法律。

【译文】

浙中有个儿子殴打自己七十岁老父，把牙打掉了，老人拿着牙到官府去告状。儿子非常害怕，便请来一个专门打官司的师爷替他想办法，答应事成之后给一百两银子。师爷摇着头说：『这事不好办啊！』那个儿子又说可以给他增加些银子，但一定要帮忙想办法。师爷答应留下来替他想三天。到了第二天，他忽然对那个儿子说：『我想出办法来了！找个没人的地方，我附耳告诉你。』等那个儿子侧着耳朵凑上去时，师爷猛地咬住了他的耳朵，一下子咬下了半个耳郭，衣服上都沾满了鲜血，那个儿子大惊，师爷说：『别喊，这就是救你的办法。不过你必须好好保存这片耳朵，待审讯时再拿出来。』到了公堂上，那个儿子就说是他父亲咬他的耳朵才把门牙扯落的。县官想想也有道理，耳朵不可能是自己咬下来的，而老人的牙齿不牢，咬了儿子耳朵掉了牙齿，合乎情理。就这样，那儿子得以免罪。

【梦龙评】殴打父亲的重罪还能用计免除，这个师爷颠倒王法，实在可怕！不过，他这个主意倒是够新奇的。

利令智昏被人骗

绍兴间，淮堧①有一道人求乞，手持一铁牛，高呼『铁牛道人』。在浮光②数月，忽一日入富家典库乞钱。主人问：『铁牛何用？』曰：『能粪瓜子金。』主人欲以资财易之，道人坚不肯。后议只赁一宿，令置密室。来早开视，果粪瓜子金数星。道人至，取铁牛去。主人妄想心炽③，寻访道人，欲买此牛，道人不从，百色宛转方允，议以日得金计之，偿以一岁金价。在家数日，粪金如前，未几遂止。视牛尾后有一窍，无他异。忽家中一婢暴疾，召其夫赎去。后有人云：『道人预买此妇人，密持其金在其家，前后粪金，皆此妇人所为。』急寻之，已遁矣。

【梦龙评】若能粪金，尚须乞钱耶？其伪甚明，而竟为贪心所蔽。『利令智昏』，信哉！

【注释】

①堧（ruán）：河边地。

②浮光：形容时间短暂。

③炽（chì）：非常热。

【译文】

南宋绍兴年间，淮河岸边有一个道人乞讨，他手持一只铁牛，高声呼喊『铁牛道人』。在短暂的几个月，忽然有一天道人走进富人家的当铺讨钱。当铺的主人问：『铁牛有什么用处？』道人说：『铁牛排粪能排出瓜子大的金子。』主人想要用钱财交换铁牛，道人坚持不肯。后来商议好只租给主人一个晚上，主人让人把铁牛放在密室里。第二天早上，主人打开密室的门一看，铁牛果然排出几颗瓜子大的金子。道人来了，把铁牛带走。当铺的主人妄想得到铁牛的心情迫切，他寻找到道人，要买这只铁牛，道人不答应，主人百般和颜悦色地努力恳求，道人才应允。两人商议以每天得到的金子数量来计算，主人付给一年得到的金子价格。铁牛在主人家几天，像先前一样排金子，不久就停止排金了。主人看到铁牛尾巴后面有一个洞，并没有别的奇异之处。忽然家中的一个女仆得了暴病，召来她的丈夫赎她回去了。后来有人说：『道人预先收买了这个女仆，偷偷地拿了金子待在当铺主人的家里，铁牛前后几次排金子，都是这个女仆做的手脚。』主人急忙寻找女仆，女仆已经逃走了。

【梦龙评】如果铁牛真能拉金，道士又何必去讨钱呢？所以铁牛能拉金显然是假话，然而当铺主人竟被贪欲所蒙蔽。由此看来，『利令智昏』这句话果真不假啊！

偷窃高手盗酒壶

黄铁脚，穿窬①之雄也。邻有酒肆，黄往贳②，肆吝与。黄戏曰：『必窃若壶，他肆易饮。』是夕肆主挈壶置卧榻前几上，鐍户甚固，遂安寝。比晓失壶，视鐍如故，亟从他肆物色，壶果在，问所得，曰：『黄某。』主诣黄问故，黄自言用一小竿窃其中，俾通气，以猪溺囊系竿端，从霤[3]引竿，纳囊于壶，乃嘘气胀囊，举而升之，故得壶也。

【注释】

①穿窬：穿壁翻墙，指行窃。

②贳：赊账。

③霤：天窗。

【译文】

黄铁脚是个穿壁逾墙的偷窃高手。他家隔壁是间酒铺。一天，他到酒店去赊酒，店主不肯赊给他，黄铁脚开玩笑说：『我一定要偷走你的酒壶，然后拿到别的酒店换酒喝。』这天晚上，店主把酒壶带回家，放在自己床前的桌上，将家中房门锁好后，才安心睡觉。等到天亮后，店主却发现酒壶不见了，再看看家中房门仍锁得好好的，于是急忙到别的酒店去寻找，果然找到了那个酒壶，问是从谁那里得来的，回答说是『黄某』。店主立刻到黄铁脚住处，问他是如何偷走酒壶的。黄铁脚自称他是用一根小竹竿，把中间掏空，使它上下通气，再把一个猪尿脬系在竹竿的顶端，然后从天窗伸进竹竿，把猪脬放入壶内，接着就往竹竿里吹气，使猪尿脬膨胀，卡住伊酒壶，最后举起竹竿把酒壶提起来，这样就拿到了酒壶。

小偷叫卖偷铜磬

乡一老妪，向诵经，有古铜磬。一贼以石块作包，负[1]之至媪门外，人问何物，曰：『铜磬，将鬻[2]耳。』

入门见无人，弃石于地，负磬反向门内曰：『欲买磬乎？』曰：『家自有。』贼包磬复负而出，内外皆不觉。

【注释】

①负：背。

②鬻：卖。

【译文】

乡间有一个老妇人，一向念诵佛经，有一个古铜磬。有一个窃贼把一块石头包起来，背到老妇人的门外，别人问他包里是什么东西，他说：『想买铜磬吗？』门里的人回答说：『我们家自己有。』窃贼把古铜磬包起来，重又背上走出门去，老妇人家门内外的人都没有发觉。

马太守帮穷亲戚

兴古①太守马氏在官，有亲故人投之，求恤焉。马乃令此人出外往，诈云是神人道士，治病无不手下立愈，又令辩士游行，为之虚声云：能令盲者登视，躄者即行。于是四方云集，礼之如市，而钱帛固已积山矣。又敕诸求治病者：『虽不便愈，当告人言愈也，如此则必愈；若告人未愈者，则后终不愈也。道法正尔②，不可不信。』于是后人问前来人，辄告云『已愈』，无敢言未愈者也。旬日之间，乃至巨富焉。

【注释】

①兴古：今四川群舸，晋时置兴古郡。

②正尔：正是如此。

【译文】

兴古的太守马氏在职时，有亲友来投靠他，请求他怜恤，马太守便让那个人到外面居住，诈称是神人道士，治病没有不一下手施法就治愈的，又让善于巧言的人到处走动，为那人虚张声势，说：此能使盲人立刻看得见，使瘸子立即能行走。于是各地方的人云集而来，礼拜他的人多得像赶集，而他的钱财布帛也因此堆积如山了。太守又吩咐各位求医治病的人：『即使没有立即痊愈，也应当告诉别人说痊愈了，这样病一定能好；如果告诉别人没有痊愈，那么以后终究不会病好。道法就是如此，不可不信。』于是后来的人问先来的人时，先来的人都说『已经病愈』，没有敢说没有病愈的人。十几天之内，马太守的亲友就成了巨富了。

袁术妾谋杀冯女

司隶①冯方女有国色，避乱扬州。袁术登城见而悦之，遂取焉。诸妇教以『将军贵人，重志气，宜数涕泣以示忧愁也。若此，必加重』。冯女后见术，每垂泣，术果以为有心，益宠之。诸妇乃共绞杀，陷之于厕，言其哀怨自杀。术以其不得志而死，厚加殡敛。

【注释】

①司隶：官名，东汉司隶校尉的简称，掌劳役捕盗之事。

【译文】

司隶校尉冯方之女有倾国倾城之貌，为躲避战乱，而逃至扬州。袁术登上城墙以后，从城上看见了这位女子，当即大悦，便取以为妾。当时袁术的妻妾都出于对冯女姿色的嫉妒之心，便哄骗她说将军很看重妇人的志气贞节，应经常啼哭不止，以示忧愁之心，这样将军就会更加敬重。因此，冯女在见到袁术以后，每次都以泪洗面，忧伤不已，袁术果然认为此女有志节之心，愈加宠爱。不久，众妻妾把冯女合谋绞杀，置于粪厕之中，并声称其哀怨自杀。袁术也以为此女是因不得志而死，故厚加殡殓。

达奚盈盈救千牛

达奚盈盈[1]者，天宝中贵人之妾，姿艳冠绝一时。会同官[2]之子为千牛[3]者失，索之甚急。明皇[4]闻之，诏大索京师，无所不至，而莫见其迹。因问近往何处，其父言：『贵人病，尝往候之。』诏且索贵人之室。盈盈谓千牛曰：『今势不能自隐矣，出亦无甚害。』千牛惧得罪，盈盈因教曰：『第不可言在此。如上问何往，但云所见人物如此，所见帘幕帷帐如此，所食物如此，势不由己，决无患矣。』既出，明皇大怒，问之，对如盈盈言。上笑而不问。后数日，虢国夫人[5]入内，上戏谓曰：『何久藏少年不出耶？』夫人亦大笑而已。

【梦龙评】妇人之智可畏。

【注释】

①达奚盈盈：达奚，复姓，源出于鲜卑。

②同官：贵人之同官。

③千牛：千牛卫，禁卫官名。

④明皇：唐玄宗李隆基。

⑤虢国夫人：杨贵妃之三姐，貌美而性荡。天宝中封虢国夫人。

【译文】

达奚盈盈是唐玄宗天宝年间一个权贵的小妾，姿色艳丽，远远胜过当时的美女。适逢与权贵共事的官员的已做了千牛卫的儿子不见了，那个官员寻找得很急切。唐明皇听说后，诏令大举搜索京师，无处不到，却找不见千牛卫的踪迹。于是唐明皇询问千牛卫最近去过哪里，他父亲说：『贵人生病，他常去侍候贵人。』唐明皇诏令要搜查贵人的房间。盈盈对千牛卫说：『如今事情的形势是无法再隐藏了，你出去露面也没什么妨害。』千牛卫害怕被判罪，盈盈便教他说：『你只是不能说你藏在这儿。如果皇上问你去哪里了，你只能说你所见到的人物是这样的，所见到的帘幕帷帐是这样的，所有的东西是这样的，情形不由自己做主，那么你就会绝对没有祸患。』千牛卫出来后，唐明皇大怒，讯问他，他就按盈盈教他的话回答。皇上笑起来，便不再追问。后来过了几天，虢国夫人进入皇宫内，皇上开玩笑地对她说：『为什么把少年藏了那么久不放他出来呢？』虢国夫人也大笑而已。

【梦龙评】女人的智慧实在令人敬畏。

小慧卷二十八

【导读】

本卷收集了各类小智小谋。借事立威者，如周王找玉簪、商太宰问市门外牛屎。作假试人者，如韩昭侯握爪而佯亡一爪，以察左右大臣之忠诚与否；子之谎说有白马跑出门试左右之人是否诚实可信。骑墙观望者，如綦毋恢建议以车百乘送韩咎之弟归国而准备两种说法、苏氏建议齐王接受帝位而不公布以观望秦称帝之反响。以小智促成姻缘者，如江彪以乍魇试诸葛令女之情急，孙兴公以诈使其僻错之女阿恒与王坦之怪恶之弟阿智结成连理。以智胜力者，如某秀才以左指蘸酱吓倒魁梧伟岸之大力士、定远弓手分散偷者之注意力乘机刺杀之、忻代种氏子以木胶使庞然猛恶之老虎自毙。骗者如黠童子以驽马换骏马，讹者如无赖贪士子吞舍利而索钱。借鬼神之力者，如王守仁，以怪鸟制服虐待继子之继母，京邑士人假变羊去媳妇之妒性。以诈易诈者如某少年以诈术骗得卖药者大士像问病之秘密，以诈揭诈者如陈五口含青李假称疮肿，揭露女巫借鬼神骗人之真面目。至如朱古民骗汤生出户、谢生激童子多斟酒，小智小慧，而令人会心微笑。

【原文】

熠熠①隙光，分于全曜②。萤火难嘘，囊之亦照。我怀海若，取喻行潦③。集《小慧》。

【注释】

①熠熠（yì yì）：光彩闪烁的样子。

②曜（yào）：光耀，明亮。此处用作名词，光明。

③行潦（lǎo）：路边的积水。

【译文】

从间隙中透出一丝光线虽然微弱，但也是灿烂阳光的一部分。萤火虫所发出的微小光芒虽然难以吹亮，但是用布囊收集后也可以照明。我的胸怀虽然像江海一样广阔，但也不嫌弃雨后的水洼。因此集《小慧》卷。

周主亡簪验家吏

周主亡玉簪①，令吏求之，三日不能得也。周主令人求，而得之家人之屋间。周主曰：『我知吏之不事事②也！』于是吏皆悚惧，以为神明。

【注释】

①玉簪（zān）：古代妇女头上佩戴的首饰。

②事事：前一个事为动词，从事，做；后一个事为名词，事情。

【译文】

战国时周王遗失了一支玉簪，命官员搜寻，三天也没找到。后来，周王又派别人去找，结果在人家屋子里找到。周王说：『我就知道你们这些官员不称职。』官员听了周王的话都很受震动，把周王奉若神明。

商太宰巧获信息

商太宰使少庶子之市①，顾反而问之曰：『何见于市？』曰：『无见也。』太宰曰：『虽然②，何见？』对曰：『市南门之外，甚众牛车，仅可以行耳。』太宰因诫使者：『毋敢告人吾所问于汝。』因召市吏而诮③之曰：『市门之外，何多牛屎？』市吏甚怪太宰知之疾也，乃悚惧其所也。

【注释】

①太宰：官名，商殷初设，管理家务和家奴。少（shào）：商殷君王的近侍。

②虽然：虽然这样，尽管如此。

③诮（qiào）：责怪。

【译文】

宋国的国相派少庶子到集市上去，少庶子回来后，国相问他道：『在集市看见了什么？』少庶子说：『没看见什么。』国相说：『即使这样，看见什么？』少庶子回答说：『集市的南门外边有很多牛车，只能慢慢行走。』国相于是告诫少庶子：『你可不敢告诉别人我问你的话。』国相又召见管集市的官员，讥讽他说：『集市的门外，为什么有很多牛屎？』管集市的官员很奇怪国相这么快就知道了这个情况，于是对他所做的事情都很惧怕小心。

江虨真情得妻子

诸葛令①女庾氏妇既寡，誓云：『不复重出！』此女性甚正强，无有登车理。恢既许江思玄虨婚，乃移家近之，初诳女云：『宜徙。』于是家人一时去，独留女在后，比其觉，已不复得出。江郎暮来，女哭詈弥甚，积日渐歇。江暝②入宿，恒在对床上。后观其意转帖③，江乃诈魇④，良久不寤，声气转急。女乃呼婢云：『唤江郎觉！』江于是跃然就之，曰：『我自是天下男子，魇何与卿事，而烦见唤？既尔相关，那得不共语！』女嘿然而惭，情意遂笃。

【注释】

①诸葛令：诸葛恢，字道明，晋元帝时为安东将军，江宁县县令，由于讨伐周馥有功，封博陵亭侯，累迁尚书右仆射。

②暝（míng）：天色黑暗。

③帖：安定。

④魇（yǎn）：梦中惊叫。

【译文】

诸葛令的女儿嫁给庾氏做妻子，她丈夫死后，她发誓说：『不再重新出嫁！』这个女子生性非常正直刚强，她既然这样说就没有让她再乘车出嫁的媒人。而诸葛令已经答应把女儿嫁给江思玄，即江虨，于是诸葛令迁移全家去接近江虨的家，并且起初哄骗女儿说：『应该搬家。』然后家人同时离开，唯独把女儿留在身后，等到女儿发觉已经不能再出来。晚上江虨来了，诸葛令的女儿哭骂得更加厉害，过了几天渐渐停下来。夜晚江虨睡觉，一直睡在诸葛令女儿的对面床上。看来观察到女子的意思逐渐转向顺从，江虨便装做了噩梦，很久也醒不过来，声音气息越来越急促。女子便招呼婢女说：『把江郎叫醒！』江虨于是一跃而起，跳到女子面前，说：『我自己是个男子汉大丈夫，做噩梦干你什么事，倒麻烦你来叫醒我？既然你与我有关系，为什么不能相互说话呢？』女子默默不语，感觉惭愧，于是后来与江虨的情意非常深厚。

孙兴公智嫁阿恒

王文度①坦之弟阿智处之，字文将。恶乃不翅②，当年长而无人与婚。孙兴公③绰有女阿恒，亦僻错④，无复嫁娶理。孙因诣文度，求见阿智。既见，便佯言：『此定可，殊不如人所传，那得至今未有婚处！我有一女，乃不恶，但吾寒士，不宜与卿计，欲令阿智娶之。』文度欣然而启蓝田⑤王述云：『兴公欲婚吾家阿智。』蓝田惊喜。既成婚，女之顽嚣④殆过阿智，方知兴公之诈。

【梦龙评】 阿恒得夫，阿智得妻。一人有智，方便两家。

【注释】

①王文度：东晋人，名坦之，字文度，弱冠有重名，与郗超并为桓温长史。累官中书令，兼徐兖都督，与谢安同辅朝政。临终与谢安书，言不及私，唯以国家为忧。

②恶乃不翅：翅，通『啻』。不啻，犹言不止，众多。恶乃不翅，言其怪恶之癖病甚多。

③孙兴公：孙绰，字兴公，博学善属文，少有高尚之志。除杂著作佐郎，累迁廷尉卿，领著作。

④僻错：性格怪僻，与人不合。

⑤蓝田：王述，王坦之父。述早孤，箪瓢陋巷，宴安永日。因袭爵蓝田侯，故称王蓝田。代殷浩为荆州刺史，为政清廉。

【译文】

王文度之弟阿智生性顽劣，无才无德，所以在年长以后，仍未娶妻。孙兴公有一女儿名叫阿恒，也因极不成器而无人婚娶。因此孙兴公便来到文度家里，请求面见阿智。见面以后，兴公便假装称赞阿智人品很好，并不像人们传扬的那样，哪能至今尚未娶妻。接着他便说他有一女，才貌兼备，就是于门第寒微，不宜和你家攀亲，若对此不嫌弃，我想让阿智将我女娶以为妻。文度很高兴地答应了这门亲事，并把此事告诉了妻子蓝田，说是兴公想把阿智认为他的女婿，蓝田听后也惊喜不已。但到结婚以后，才发现兴公之女还比阿智更不成器。从此他也知道了孙兴公的奸诈狡猾。

【梦龙评】阿恒得到丈夫，阿智娶得娇妻，一人有智，两家方便。

张幼于巧换美酒

科试故事①，邑侯②有郊饯。酒酸甚，众哗席上，张幼于令勿喧，保为易之，因索大觥③，满引为寿。侯不知其异也。既饮，不觉攒眉④，怒笞吏，易以醇。

【注释】

①故事：成例，旧日的典章制度。

②邑侯：古称县令，因其治理一邑，如古之诸侯，故有此称。

③觥（gōng）：旧时饮酒的器皿。

④攒（cuán）眉：紧蹙双眉，表示不愉快。

【译文】

按科举考试时的惯例，县令在郊外为应考的人饯行。饯行宴上的酒味道很酸，众人在酒席上喧哗起来，张幼于让大家不要喧哗，说保证给他们换酒，于是要来一个大酒觥，装满酒拿去向县令祝酒。县令不知觥中的酒有怪，喝了几口，不觉皱着眉，恼怒地惩罚了小吏，让他们把酸酒换成醇酒。

石鞑子巧逐和尚

吴中有石子，貌类胡，因呼为石鞑子①，善谑多智。尝困倦，步至一邸舍②，欲少憩。有一小楼颇洁，先为僧所据矣。石登楼窥之，僧方掩窗昼寝，窗隙中见两楼相向，一少妇临窗刺绣。石乃袭僧衣帽，微启窗向妇而戏。妇怒，以告其夫。夫因与僧闹，僧茫然莫辨，亟移去，而石安处焉。

【注释】

①鞑子：鞑，鞑靼，中国北方的少数民族。由于石子貌似胡人，人们故戏称『石鞑子』。

②邸（dǐ）舍：亦称『邸店』或『邸阁』，古时城市中供客商堆货、寓居、进行交易的行栈。

【译文】

吴中地区有个姓石的人，相貌长得像胡人，所以别人叫他石鞑子，他善玩笑，机智多谋。石鞑子曾有一次困乏疲倦，走到一家旅舍，想要稍微休息一下。旅舍中有小楼十分洁净，已经被一个僧人占据了。石鞑子登上楼从窗缝中看见此楼与另一座楼互面对，有一个少妇在对面楼上临窗刺绣。石鞑子便偷偷拿来僧人的衣帽穿，少妇生气了，向丈夫告状。于是丈夫便与人吵闹，僧人茫然不能申辩，赶忙离开了，而石鞑子得以安稳地住在那座净的小楼上了。

童子巧计换骏马

一童子随主人宦游，从县中索骑，彼所值①甚驽下，望后来人得骏马，驰而来，手握缰绳，佯泣于马上。后来问曰：『何泣也？』曰：『吾马奔逸绝尘，深惧②其泛驾③而伤我也。』后来以为稚弱可信，意此马更佳，乃下地与之易。童子既得马，策而去。后来人乘马，始悟其④欺，追之不及。

【注释】

①所值：所分配到的。

②惧：害怕，担心。

③泛驾：翻车。

④悟：醒悟，明白，了解，知道。

【译文】

有一个童子跟随主人外出求官，先从县中索要坐骑，轮到分配给他的那匹马非常不好。他望见比他后来的人分到了骏马，奔驰而来，童子便手握住马缰绳，假装在马上哭泣。后来的人问他说：『你为什么哭呢？』童子说：『我的这匹马奔跑起来速度极快，我很怕它翻车而使我受伤。』后来的人以为童子年幼弱小，可以相信，又觉得童子的马更好，于是从马上下地与童子交换。童子得到骏马后，扬鞭策马而去。后来人乘上劣马，才醒悟童子欺骗了他，去追赶童子却追不上了。

偷李童子诈同伴

西邻母有好李，苦窥园①者，设阱墙下，置粪秽其中。黠竖子②呼类窃李，登垣，陷阱间，及其衣领，犹仰首于其曹，曰：『来，此有佳李！』其一人复坠，方发口，黠竖子遽掩其两唇，呼『来！来！』不已。俄一人又坠，二子相与诟病。黠竖子曰：『假令三子者有一人不坠阱中，其笑我终无已时。』

【梦龙评】小人拖人下浑水，使开口不得，皆用此术，或传此为唐伯虎③事，恐未然。

【注释】

①园：此指窥伺偷窃园中之果实。

②黠竖子：心眼很多的坏小子。

③唐伯虎：唐寅，字伯虎。见卷五『唐六如』条注。

【译文】

有个坏小子，他西边邻家的老妇人种有好李子，但苦于窥伺偷窃园中果实的人，于是在园子的墙下设置陷阱，并把粪便污物倒进陷阱。多心眼的坏小子招呼同伙来偷李子，他登上墙后，落进了陷阱，被淹至衣领，但他还是仰头对他的同伙说：『下来，这里有好李子！』同伙中的一个人又掉进陷阱，刚要开口说话，坏小子立刻就扣住同伙的双唇，向上面叫道：『下来！下来！』叫个不停。随即又有一个同伙掉到陷阱里。两个人一同责骂坏小子。狡猾的坏小子说：『假如使三个人中有一个人没掉进陷阱里，他就会没完没了地笑话我了。』

【梦龙评】小人引诱别人和自己一起做坏事，好堵住别人的口，用的都是这种欺骗手段。有人说这是唐伯虎小时候的趣事，恐怕不是事实。

刘贡父巧骗友人

刘贡父为馆职①，节日，同舍遣人以书筒盛门状，遍散人家。刘知之，乃呼所遣人坐于别室，犒以酒肴，因取书筒视之，凡与己一面之旧者，尽易以己门状。其人既饮食，再三致谢，遍走巷陌，实为刘投刺，而主人之刺遂已。

【梦龙评】事虽小，却是损人利己。

【注释】

①馆职：宋朝史馆、昭文馆、集贤院、秘阁等官员通称馆职。

【译文】

刘攽（字贡父，北宋学者，曾参与纂修《资治通鉴》）在馆阁供职时，在过节的一天，同舍的人派下人用书筒装上名片，到处散发给别人家，刘攽知道了这事，就招呼被派的下人坐到自己家中的另外一间屋子，用酒菜犒劳他，又把书筒拿走观看，看到要送给名片的凡是与自己有一面之交的人，全都换成自己的名片。那个下人吃喝完了，再三向刘攽道谢，然后走遍大街小巷送名片，其实是为刘攽投发名片，而自己主人的名片已经没有了。

【梦龙评】事情虽然很小，却是损人利己。

王卞惧怕弱秀才

王卞于军中置宴，一角抵夫①甚魁岸，负大力，诸健卒与较，悉不敌。坐间一秀才自言能胜之，乃以左指略展，魁岸者辄倒。卞以为神，叩其故，秀才云：『此人怕酱，预得之同伴；先入厨，求得少许酱，彼见辄倒耳。』

【注释】

①角抵夫：摔跤者。

【译文】

王卞在军中设宴，座中有一位专门从事摔跤的力士，身体魁伟，力大无比，很多强健的兵士与他比赛，都纷纷败下阵来。其中有位文弱秀才，自称胜过力士。只见他把左手指头略微向外一展，那位大力士就自己倒下。王卞感到神奇，秀才说：『此人怕酱，这是以前我从他的同伴那儿得知的，于是便在赛前先到厨房中弄到了味酱，到时用手指弹出，当他看到酱后就会自己倒地的。』

荆公替俞还酒债

荆公素喜俞清老①。一日谓荆公曰：『吾欲为浮屠，苦无钱买祠部牒耳。』荆公欣然为具僧资，约日祝发。过期寂然，公问故，清老徐曰：『吾思僧亦不易为，祠部牒金且送酒家还债。』公大笑。

【梦龙评】肯出钱与买僧牒，何不肯偿酒债？清老似多说一谎。

【注释】

①俞清老：俞澹，北宋金华人，同其兄秀老（俞紫芝）一样，少年时有高行，终身不娶，滑稽谐谑，晓音律，能歌，为王安石爱重之，有《敝帚集》。

【译文】

荆公向来喜欢俞清老。一天，俞清老对荆公说：『我想出家当和尚，只苦于没有钱买祠部发放的度牒。』

荆公很高兴地为他出了买度牒的钱，并约定日子为俞清老剃度。约定的日期过去了，却没有俞清老剃度出家的消息，荆公问他是什么原因，俞清老不慌不忙地说：『我想当和尚也不是件容易事，所以买度牒的钱我暂且送酒家还债了。』荆公听了不由得大笑起来。

【梦龙评】荆公愿意出钱为俞清老买度牒，怎么会不愿意替他还酒债？俞清老似乎多说了一谎。

王氏名利双收

宋时有世赏官①王氏，任浙西一监。初莅任日，吏民献钱物几数百千，仍白曰『下马常例②』。王公见之，以为污己，便欲作状③，并物申解上司。吏辈祈请再四，乃令取一柜，以物悉纳其中，对众封缄，置于厅治④，戒曰：『有一小犯，即发！』由是吏民警惧，课息③俱备。比终任荣归，登舟之次，吏白厅柜。公曰：『寻常既有此例，须有文牍。』吏赍案至。俾舁柜于舟，载之而去。

【梦龙评】不矫不贪，人己两利，是大有作用人，不止巧宦已也。

【注释】

①世赏官：以祖上有大功，历代由朝廷颁赏官职者。

②下马常例：迎接新官到任的老规矩。

③状：申报上司的文书。

④厅治：官府办公的厅堂。

【译文】

宋朝时，有个王氏，家中历代由朝廷封赏官职，他任浙西的一个监官。他刚刚到任的时候，小吏和百姓献了近几百千钱的财物，还解释说这是『下马常例』，即迎接新官到任的老规矩。王氏见了，以为这样是玷污了自己，便要写申报上司的文书，把献上来的财物一起拿去向上司申报解释。小吏们再四地祈求他，王氏才命人取来一个柜子，把财物全收进柜子中，面对众人把柜子封上，放在官府办公的厅堂里，王氏警告众人说：『如果有哪个人犯了一点小罪过，我就向上司告发这件事！』从此，小吏和百姓们警觉戒备，各种赋税全都如数交齐。到王氏任期结束要荣归故里的时候，在将登上小船之际，小吏向他提示公堂中的柜子的事。王氏说：『通常既然有这种下马常例，就需要文件证明。』小吏便把文件带来给王氏看。王氏看后，便让小吏一起把柜子抬上小船，用船载着柜子走了。

【梦龙评】王姓官员不矫情、不贪财，对人对己都有好处，可见他是一位大有作为的人，而不仅仅是个投机取巧的官老爷。

刁少年巧学法术

凡幻戏之术，多系伪妄。金陵人有卖药者，车载大士像问病，将药从大士①手中过，有留于手不下者，则许人服之，日获千钱。有少年子从旁观，欲得其术。俟人散后，邀饮酒家，不付酒钱，饮毕竟出，酒家如不见也。如是三，卖药人叩其法，曰：『此小术耳，君许相易，幸甚。』卖药人曰：『我无他，大士手是磁石，药有铁屑则粘矣。』少年曰：『我更无他，不过先以钱付酒家，约客到绝不相问耳。』彼此大笑而罢。

【注释】

①大士：佛教称佛和菩萨，如观音大士。

【译文】

凡是幻戏一类的法术，大都是虚假的。南京有位卖药的人，在车上供奉大士法像为人看病，他把药从大士手上过，有留在大士手中掉不下来的，就可以让病人服用，每天可赚取一千文钱。有个少年在一旁观看，想知道其中法术。等人群散去以后，就邀请卖药人到酒家喝酒，他不交酒钱，喝完酒就走，而酒家也好像没看见似的。这样连续吃了三次，卖药人便询问少年有什么法术。少年说：『这是小法术，不知是否有幸与你的法术交换？』卖药人说：『我没有什么法术，大士的手是一块吸铁石，药上沾有铁屑的，自然就黏附在大士的手上了。』少年说：『我更没有什么法术，只不过事先付钱给酒家，再约客人到酒家喝酒，酒家当然就不过问了。』两人不禁相视大笑。